Super E

Dello stesso autore nel catalogo Einaudi

Cento giorni di felicità
Se mi vuoi bene

Fausto Brizzi
Ho sposato una vegana
Una storia vera, purtroppo

Einaudi

© 2016 e 2017 Giulio Einaudi editore s.p.a., Torino
Prima edizione «Stile Libero Extra»

www.einaudi.it

ISBN 978-88-06-23299-3

Ho sposato una vegana

*A mia moglie Claudia.
Sempre, tranne ore pasti.*

L'uomo è l'unico animale che arrossisce,
ma è anche l'unico ad averne bisogno.

MARK TWAIN

«E vissero per sempre felici e contenti».

Tutte le storie d'amore delle favole si concludono cosí, con gli aggettivi piú ottimisti e simpatici dell'intero vocabolario. Una frase ingannevole che ci fa sognare che quella coppia, dopo aver superato incantesimi, draghi, matrigne e streghe, sarà indivisibile fino alla notte dei tempi. Una frottola clamorosa, raccontata ai bambini affinché s'illudano che l'amore eterno esiste davvero, almeno fino a quando quella stronzetta con le trecce del secondo banco non li lascerà durante una gita a Pompei in terza media.

Le fiabe sono congegnate ad arte proprio per alimentare questo equivoco e s'interrompono infatti un attimo prima che entrino in scena i veri cattivi, talmente malvagi che rispetto a loro Capitan Uncino e Crudelia De Mon sono dei simpatici monelli: gli avvocati divorzisti.

Se tra voi che leggete queste righe si nasconde il futuro avvocato divorzista di mia moglie, ci tengo a precisare che, nei capitoli che seguiranno, la prendo in giro bonariamente, col suo consenso e la sua benedizione. Ma ci tengo anche, e soprattutto, a fargli sapere che ogni drammatica vicenda narrata è realmente accaduta e non è frutto della mia fantasia. Ho centinaia di parenti, amici e conoscenti che possono correre a testimoniare a mio favore e confermare l'accaduto, sotto giuramento, perché hanno assistito, partecipato e, in qualche caso piú sfortunato, assaggiato. Cosí magari, caro avvocato, quel giorno in udienza sarà un po' piú clemente con me. O almeno mi regalerà un accenno di sorriso dal significato inequivocabile: «Io so tutto quello che hai dovuto sopportare, sono dalla tua parte, mi dispiace, amico, ma devo fare il mio mestiere».

Dicevo, le storie d'amore hanno una fine, una data di scadenza, ma di solito è poco interessante da raccontare e molto prevedibile. Tradimenti, inganni, piatti rotti, sms rivelatori, lacrime versate e provocate, inutili pause di riflessione, figli rimbalzati qua e là come palline di un vecchio flipper, librerie e dischi da dividere (se siete over quaranta, se no è molto piú facile). Tutti noi abbiamo dovuto sorbirci il resoconto dettagliato e sempre soporifero della conclusione del fidanzamento o del matrimonio di un amico disperato, quindi sapete benissimo di cosa parlo. A volte, naturalmente, siamo stati noi ad annoiare il malcapitato di turno con le nostre lamentele, arricchite da pianti e recriminazioni. Solo chiacchiere e singhiozzi inutili. Sono le ore perse in lacrime per una storia appena terminata, quelle che rimpiangiamo negli anni successivi. Se potessi recuperare le ore consumate ad ascoltare canzoni di Baglioni dopo che una ragazza mi aveva lasciato, avrei almeno un paio d'anni di meno.

La fine di un amore è una pagina da strappare nel riassunto di una vita. Una parentesi superflua che regala solo rimpianti e cicatrici. La parte avvincente, quella che fa commuovere ed emozionare il pubblico, lo sanno bene gli sceneggiatori hollywoodiani, è sempre l'inizio, che è ogni volta diverso, pur essendo in fondo sempre uguale.

Tutte le storie d'amore cominciano, infatti, con un primo appuntamento.

Il primo appuntamento

Shakespeare non ce l'ha mai voluto raccontare, ma anche Giulietta e Romeo, molto tempo prima di incasinarsi con i veleni, si erano dati un appuntamento segreto in un baretto vicino all'arena di Verona; e di certo anche Topolino e Minnie, prima di annoiarsi mortalmente (dài, su, si annoiano, è evidente), andarono in un drive-in a vedere un film poliziesco perché lui è fissato; perfino Roger e Jessica Rabbit, prima che il coniglione venisse incastrato in quella storiaccia di delitti e salamoia, si erano incontrati in un chiosco di Cartoonia per sbocconcellare un hot dog traboccante di senape. È inevitabile. Tutte le coppie del mondo sono salpate per il loro viaggio d'amore con un primo appuntamento. Programmato, fortuito, combinato o al buio che sia, è il momento piú eccitante, uno spettacolo teatrale senza copione e senza spettatori, con solo due personaggi, impegnati a evidenziare i loro pochi pregi e nascondere gli innumerevoli difetti. A volte ci riescono benissimo e Cupido scocca la sua languida freccia, a volte no.

Cupido, di certo, mancò in pieno il bersaglio durante la prima sospirata cena con Claudia, la mia futura moglie. Fu una serata cosí disastrosa che ricordo ogni dettaglio e ogni frase come fos-

IL PRIMO APPUNTAMENTO

se ieri. Dopo una fugace conoscenza alla festa di alcuni amici comuni, ero riuscito a convincerla a cenare insieme. Accettò credo piú per educazione che per reale interesse nei miei confronti. Al contrario, io ero molto interessato a lei, perciò avevo scelto con cura il palcoscenico: un ristorantino romantico del centro storico, specializzato in carne alla brace, salumi di cinta senese e mozzarelle di bufala, che sono la prova che Dio esiste e abita a Caserta. Non volevo certo fare brutta figura. Andai a prelevare Claudia a casa sua in perfetto orario. Avevo addirittura fatto lavare la Corolla, un evento epocale e traumatico per la mia sgarrupata e fedele automobile. Per l'intero tragitto evitai di anticipare alla mia commensale qualcosa riguardo all'eden gastronomico nel quale l'avrei catapultata. Volevo che fosse una sorpresa. E lo fu.

Appena diede un'occhiata alla carta, impallidí sotto il fard ma, da consumata attrice, fece finta di essere indecisa su cosa mangiare tra le tante prelibatezze. Cosí, quando arrivò il cameriere, contravvenendo a ogni regola del galateo fui io a ordinare per primo. Avevo un certo appetito e chiesi un antipasto a base di pata negra e formaggi misti, delle fettuccine all'uovo al ragú di cinghiale e un trionfo di arrosticini con patate al forno. Tanto per gradire.

Claudia non batté ciglio e si limitò a chiedere un piatto di scarola, uva passa e pinoli, seguiti allegramente da un'insalata verde scondita. Pensai: «Che palle, la solita attrice attenta alla linea che fa la dieta permanente». Solo dopo pochi minuti, mentre m'ingozzavo di squacquerone, Claudia mi rivelò la terribile verità.

– Ah, a proposito, io sono vegana.

Lo disse come se fosse un'informazione scontata. Quasi fosse sottinteso: «Ma come, non lo sapevi?»

E no che non lo sapevo, porca pupazza, se no, per sedurti, ti avrei portato qui, nella Disneyland dell'insaccato?

Restai immobile qualche secondo, con uno sbaffo di formaggio sulla bocca. In quel momento capii che era possibile, per un essere umano, prevedere il futuro: io, novello Nostradamus, sapevo infatti per certo che quella sera Claudia e io non avremmo fatto l'amore. Non ci sarebbe stato nemmeno un avvicinamento tra la sua cavità orale vegana e immacolata e le mie labbra carnivore e voraci. Raggiungere l'agognata meta erotica avrebbe comportato per me le stesse difficoltà di scalare l'Everest zoppo e senza bombole d'ossigeno. Appoggiai la forchetta nel piatto e, con un filo di voce, le chiesi:

– Ma vegana vegana?

La domanda era davvero poco arguta. Essere vegano è uno status, non è un aggettivo. È come essere magri, bassi, calvi o morti. Nessuno ti domanderebbe mai: «Ma tuo cognato è calvo calvo?» Oppure: «Ma tua suocera è morta morta?»

Calvo vuol dire calvo. Morto vuol dire morto. Vegano vuol dire vegano. Punto.

Claudia, giustamente, rispose:

– No, una volta a settimana vado a caccia nei boschi, catturo un capriolo, lo strangolo e me lo faccio allo spiedo.

Meritavo questo schiaffone ironico.

Dunque era vegana. Un'informazione fondamentale che non avevo ricevuto in tempo utile per organizzare un'efficace tattica difensiva culinaria. Mi guardai intorno spaesato. Il ristorante era costellato di uncini con agganciati prosciutti, mortadelle e caciocavalli. Avrà pensato a una presa in giro o a una provocazione quando è entrata. Dovevo discolparmi subito.

– Io non lo sapevo, giuro.

– Immagino. Non preoccuparti per me. Tu continua pure a mangiare cadaveri, se ti piacciono. Sono democratica.

Piccola parentesi. Questa sua ultima frase era una spaventosa bugia, di quelle appunto che si dicono ai primi appuntamenti. Non era affatto a favore di una alimentazione democratica. I «non vegani» per mia moglie appartengono a una razza inferiore, sono una setta, molto diffusa, di sanguinari assassini, degni soltanto di passare il resto della vita in tristezza e povertà, oppure rinchiusi per sempre ad Alcatraz, riaperto apposta. Purtroppo, però, questo l'avrei scoperto fuori tempo massimo.

Per darmi comunque un tono, scrutai disgustato le fette di pata negra abbandonate nel mio piatto e feci cenno al cameriere che poteva portare via tutto. Dovevo recuperare la situazione, ma sapevo che mi stavo avventurando in un terreno piú minato del deserto iracheno.

– Quindi voi vegani non mangiate carne, come i vegetariani, giusto?

Ammetto che, all'epoca, non ero preparatissimo sull'argomento.

– Sí, – rispose, – ma neanche qualsiasi altro prodotto possa aver arrecato sofferenza a un animale, come il latte o il miele.

– Ah, pure il miele?
– Certo, povere api.
«Povere api». Una frase rivelatrice. Avrei dovuto alzarmi dalla sedia con la stessa reattività di Usain Bolt e fuggire a lunghe falcate nella notte romana, senza neanche pagare il conto. Non lo feci e ancora oggi mi domando perché. Invece le chiesi con falsa curiosità:
– E... che mangiate, quindi?
– Tutto il resto. Semi, cereali, legumi, frutta e verdura. Tu sai che noi umani abbiamo un intestino da erbivori e non da carnivori?
All'improvviso woshhhhh mi ritrovai catapultato al liceo scientifico Nomentano, interrogato alla cattedra dalla crudele professoressa Adelaide Cotti Borroni, che mi odiava. Naturalmente stavo per prendere la consueta grave insufficienza. Un meritatissimo due sul registro. Provai a ribattere:
– Cioè? Non siamo onnivori?
– No. Non in origine, almeno. Il nostro intestino è lungo circa otto metri, quello di un leone ad esempio soltanto tre. È una caratteristica degli erbivori avere un intestino lungo.
– Ah, ma pensa, non lo sapevo...
– Non riusciamo a digerire bene la carne, – precisò Claudia, – che durante il lungo percorso nel nostro organismo va in putrefazione.
In perfetto sincrono con la parola «putrefazione», il cameriere appoggiò trionfalmente le tagliatelle al ragú di cinghiale davanti a me. Le osservai nauseato.
– E anche il latte vaccino per noi è difficile da digerire, – continuò Claudia. – Non abbiamo gli enzimi per il lattosio quando cresciamo. E questo

IL PRIMO APPUNTAMENTO

può provocare effetti collaterali di vario genere, tipo gonfiore di stomaco o mal di testa. Non parliamo poi di quanto infiamma l'organismo la caseina.

Non potevo ancora credere che la serata avesse preso quella piega e che davvero la caseina fosse il nostro argomento di conversazione.

«Di che avete parlato ieri sera con Claudia?»

«Principalmente degli effetti nocivi della caseina!»

Trovai un appiglio per non fare scena muta come davanti alla Cotti Borroni:

– Io, per esempio, ho mal di testa quasi tutte le mattine, poi però prendo una pasticca di ibuprofene e mi passa subito.

– Che mangi a colazione? – mi chiese con l'aria di chi conosceva già la risposta.

– Di solito, una tazza di latte con i biscotti, pane tostato con burro e marmellata e, a volte, ma non sempre, una banana.

Mi guardò con un'espressione tra lo schifato e l'incredulo.

– Stai scherzando, vero?

– No. Ma a volte, se non faccio in tempo, vado al bar e ordino un latte macchiato con un maritozzo.

– Per maritozzo intendi?

– È una specialità romana, un panino dolce, grande quanto una ciriola, spaccato in due e farcito di panna montata.

Silenzio.

Per un'atroce coincidenza sonora, in quel momento nel locale nessuno proferiva verbo. Sentivo solo l'assordante battito del mio cuore gonfio di adrenalina.

Dovevo rimontare. Non mi sarei arreso alla prima difficoltà.

– Il maritozzo, però, una volta a settimana al massimo. Di solito opto per una ciambella.

– Quelle fritte con lo zucchero sopra?

– Conosco solo quelle.

– Perdonami, ma non faccio mai colazione al bar, è un'usanza capitalista che non comprendo proprio. Perché devo andare a fare colazione in piedi, appiccicata a degli estranei sudati, consumando cibo unto e cancerogeno di dubbia provenienza? Mistero.

Ecco, aveva appena rovinato uno dei miei ricordi piú belli: nonno e io da soli che facciamo colazione al bar sotto casa sua. La colazione dei grandi, la chiamavo. In realtà il mio vecchietto preferito stava cercando di uccidermi e io non lo sapevo. Tentai una difesa d'ufficio di tutti i bar e nonni italiani:

– Però devi ammettere che, faranno pure male, ma alcune cose del bar sono buonissime e a casa non le fai... Chi è per esempio che si fa i tramezzini da solo, o i cornetti?

– Buonissime, dici? Perché dovrei considerare buonissime delle cose che contengono una serie infinita di veleni per il nostro organismo?

Non ero piú davanti alla prof, ero stato trascinato in catene davanti alla Santa Inquisizione che mi stava condannando a essere decapitato per crimini contro la corretta alimentazione.

– Comunque, in genere, preferisco fare colazione a casa.

– Con lo zuppone di latte e i biscotti?

– Sí...

– E per forza che hai mal di testa! Stai intossicando il tuo organismo e quello è il campanello d'allarme. Tu ogni mattina lo inquini con latte di mucca, zucchero, perché lo so che ci metti lo zucchero, e pure cacao industriale, biscotti impastati con farina oo, grassi idrogenati, olio di palma e chissà cos'altro, e non contento ci carichi sopra altri carboidrati arricchiti di burro e marmellata, di sicuro non biologica.
– La fa in casa mia madre…
– Con lo zucchero bianco?
– Fino a oggi sí, ma da domani basta. La faccio smettere, giuro.

Non mi sentivo cosí a disagio da quella volta che sollevai la gonna di una suora all'asilo per scoprire cosa nascondeva sotto e lei, per nulla misericordiosa, mi denunciò a mio padre. Non possedevo armi dialettiche sufficienti per controbattere all'attacco vegano. Ogni cosa che dicevo veniva usata contro di me. Era meglio tacere, forse, come consigliano gli avvocati ai loro clienti durante i primi interrogatori. Potevo avvalermi della facoltà di non rispondere.

– L'unica cosa corretta che mangi a colazione è la banana, – continuò imperterrita Claudia, – ma non dovresti abbinarla a nient'altro. Unita al resto fermenta e danneggia la digestione. La frutta si consuma almeno mezz'ora prima dei pasti. Mai dopo, come fanno tutti gli italiani, né durante.

Aveva smantellato in tre mosse la classica colazione continentale, in auge da sempre negli hotel di mezzo mondo.

– Potresti però utilizzare la banana per preparare un'ottima crema Kousmine, aggiungendo un cucchiaio di olio di lino spremuto a freddo e semi di sesamo tostati, ma magari te la spiego un'altra volta.

– Sí, magari, grazie. Quindi meglio forse, che ne so, un cappuccino con latte di soia e un cornetto semplice, piccolo? – tentai di arrabattarmi con le poche nozioni a mia disposizione.

– Senza caffè e senza cornetto. Il caffè affatica il cuore e il cornetto è un prodotto lievitato, ricco di glutine e magari lo scegli pure con la crema.

– No, integrale col miele! – risposi di getto, con sicurezza.

– Peggio ancora! Il miele non è un alimento compreso nella dieta vegana!

Cazzo, Fausto, stai concentrato, l'aveva appena detto!

– E inoltre l'integrale che è in commercio di solito è un finto integrale. Se non è biologico, aggiungono la crusca alla normale farina oo per farti credere che il prodotto sia genuino.

Basta, aveva vinto. Ero uno sconfinato pozzo d'ignoranza e meritavo la disfatta. Tentai di sdrammatizzare.

– Certo era meglio se stasera ti avessi invitato a prendere un gelato.

– Il gelato contiene latte.

– Quello di frutta no.

– C'è lo zucchero.

– Quindi anche il gelato è vietato?

– No, se lo prepari a casa con frutta biologica e magari lo dolcifichi con la stevia.

Naturalmente non sapevo cosa diavolo fosse la stevia, ma annuii con convinzione.

– Certo, un cucchiaino di stevia ci sta sempre bene.
– La stevia è una pianta. Si utilizza a foglie.
– A foglie, infatti. M'ero confuso.
Mi osservò con disprezzo e commiserazione. Era chiaro che mi considerava un esemplare di una specie poco evoluta, un neandertaliano di Roma, indegno anche di una lezione di gastronomia. La cena proseguí con un banalissimo dialogo sull'estate che tardava, i film che avevamo visto e le ultime vacanze. Non sfiorammo piú gli argomenti cibo e salute.

Per il resto della serata non ingerii nient'altro che avesse origine animale e, come dolce, optai per un inoffensivo e sgrassante sorbetto agli agrumi.

La riportai a casa in un religioso silenzio, rotto solo dalla mia falsa promessa di acquistare presto un'automobile ibrida per inquinare di meno. Prima di scendere dalla mia Euro 2, Claudia mi fulminò con una frase che non potrò mai dimenticare:

– Sai, mi piaci davvero tanto... peccato che morirai presto!

Poi scomparve nella notte.

Restai immobile, col motore acceso. La sua ultima frase era multiforme. Conteneva infatti, uniti in modo indissolubile, una dichiarazione d'amore, un addio e un epitaffio. Decisi di vedere il bicchiere mezzo pieno: le piacevo. E date le circostanze potevo considerarlo un parziale successo. O almeno un immeritato pareggio al novantesimo.

Le forze di Vega

Piccola, necessaria precisazione. Perché non cancellai immediatamente il numero di Claudia dopo quella tragica e imbarazzante cena? Appoggiate il libro, afferrate il telefonino e googlate «Claudia Zanella». Fatto? Dunque avrete scoperto che una delle ragioni del mio interesse, certamente la piú antica e banale, era estetica. Non fate commenti ironici, so benissimo di essere uno scontato maschio italiano che pensa piú alla forma, anzi alle forme, che al contenuto. Tenete presente però che il fatto che una ragazza cosí, una che è arrivata in finale a Miss Mondo (e non è un modo di dire, c'è arrivata davvero, ma non ha vinto), sia diventata mia moglie è un evento sovrannaturale. Una meta femminea tanto irraggiungibile meritava una dose supplementare d'impegno e pazienza. Ma non era solo questo che la rendeva irresistibile ai miei occhi. Claudia era ed è un pianeta da esplorare. Un pianeta sconosciuto e misterioso. In un impeto di fantasia, direi... il pianeta Vega.

Naturalmente, provenendo da un altro sistema solare, è molto diversa da noi umani, in particolare da me. Non condividiamo, ad esempio, lo stesso background culturale. Non ci appassionano gli stessi cantanti, film, libri, passatempi e, inutile sottolinearlo, cibi. È il mio opposto in tutto, quindi uscire con lei è come imbarcarsi nella ciurma di Amerigo Vespucci o Cristoforo Colombo alla scoperta del nuovo mondo. Insomma, per farla breve, Claudia m'incuriosiva e mi attraeva decisamente. E quando qualcuno t'incuriosisce e ti attrae decisamente non c'è mai un vero perché. È cosí punto e basta.

Questo mio interesse nei suoi confronti era un problema gigantesco, poiché ero certo che, dopo quella serataccia, Claudia mi considerasse un cannibale incivile, crudele e senz'anima. Se volevo avere una minima possibilità di vittoria, non c'era altra scelta che documentarmi sull'argomento e mostrare un'apertura verso la cultura vegana. Oramai non potevo piú fingermi nemmeno vegetariano, ma ero certo di riuscire a millantare almeno un finto interesse per la questione. Potevo trasformarmi in un credibile «aspirante vegano».

Inutile dire che sottovalutavo Claudia. Il problema non fu come comportarmi gastronomicamente durante un secondo appuntamento. Il problema fu ottenerlo. Scoprii tempo dopo che stavo partecipando, a mia insaputa, a un atroce ballottaggio con un altro pretendente alla sua mano. Una specie di talent show casereccio con due finalisti e il cuore di Claudia in palio. Peccato che il mio avversario fosse vegano da sette generazioni, attivista di Greenpeace e finanziasse mensilmente un rifugio per animali abbandonati. Avrei avuto molte piú possibilità contro Brad Pitt (che tra l'altro, come se non bastassero l'avvenenza, la fama e la ricchezza, è vegano pure lui).

Per mia fortuna non sapevo di essere il concorrente outsider, altrimenti forse mi sarei subito ritirato dall'improba tenzone. Non seppi mai – e tuttora non lo so – dove sbagliò il mio avversario, ma sono certo che la combinò grossa per perdere un match in cui era nettamente favorito. In quei giorni, comunque, m'impegnai a fondo per diventare onnisciente sull'universo *green*. Non studiavo cosí tanto dagli esami di maturità, che alcuni di voi già sanno come andarono, perché li ho raccontati, senza inventare quasi nulla, in un film. Passai notti intere su Internet a documentarmi e cercare frasi tipo: «la differenza tra vegani, fruttariani e crudisti», «del perché lo stracchino è nostro nemico» e «come il tofu può cambiare l'umore del nostro intestino».

Il problema principale fu il mio rapporto conflittuale con la parola «vegano» che è un neologismo creato negli anni Quaranta da un inglese, un certo Donald Watson, comprimendo la parola vegetariano. Vi spiego: il mondo a mio avviso non è diviso in stupidi e intelligenti, alti e bassi, simpatici e antipatici, onesti e imbroglioni, come per la maggioranza delle persone. No. È diviso in «quelli che alla parola "Goldrake" provano un sussulto di nostalgia» e «quelli che non capiscono neppure a cosa mi riferisco». I primi, che di solito sono maschi e over quaranta, è inutile che leggano le prossime righe: sanno già benissimo che i vegani, cioè gli abitanti del pianeta Vega, sono cattivi e che attaccano spesso e volentieri la nostra amata Terra per conquistarla. Questo capitolo è per tutti gli altri, quelli che ignorano che quando «la Luna è rossa, le forze di Vega attaccheranno».

LE FORZE DI VEGA 21

Facciamo un balzo indietro di quasi quarant'anni.
Tutto cominciò un lunedí dell'anno di grazia 1978, un anno prima che nascesse l'inconsapevole Claudia. Ero andato a fare i compiti a casa di Riccardo, un mio compagno delle elementari piú bravo nei dribbling che nelle tabelline. Abitava nella via accanto alla mia, distanza in linea d'aria circa trenta metri. Questi nemmeno due isolati bastavano a fare la differenza. Ho sempre pensato che la sua strada fosse meno proletaria della mia e ne avevo anche le prove. La sua famiglia possedeva infatti un gioiello di ultima generazione, un Philips a colori. Io, abituato a smanettare sul manopolone laterale del Voxson in bianco e nero dei miei per sintonizzare le reti private che trasmettevano i film di Franco e Ciccio, m'inoltravo nel salotto di casa sua come se fosse la plancia di comando dell'*Enterprise*. Ogni tanto andavo da Ricky a vedere le partite dell'Italia, dando cosí un senso cromatico alla definizione «azzurri», altre volte per la Formula 1, scoprendo cosí che le Ferrari erano davvero rosse e non grigie.

Quel pomeriggio la tv dei ragazzi mandò in onda un nuovo cartone animato giapponese dal titolo misterioso: *Atlas Ufo Robot*. Solo tanti anni dopo scoprii che il nome della serie era dovuto a una banale svista. La serie *Ufo Robot* fu acquistata dalla Francia, dove la «guida informativa» è denominata, appunto, *atlas*. I funzionari Rai che si occupavano dell'adattamento lessero «Atlas Ufo Robot» e pensarono che quello fosse il titolo della serie. No comment. Siamo l'unico Paese al mondo in cui il cartone animato piú famoso di sempre si chiama cosí.

Protagonista di *Ufo Robot*, ridiamogli il nome vero, è un certo Actarus, un giovane extraterrestre belloccio, fuggito dal suo pianeta poco prima della distruzione (stessa storia di Superman peraltro, che originalità) e rifugiatosi sulla Terra. Come bagaglio a mano aveva un robot, il leggendario Goldrake, di una trentina di metri di altezza, dotato di armi di distruzione incredibili, e un'astronave nella quale il robot si incastonava perfettamente. Per farvela breve, Actarus e il suo robottone Goldrake, insieme ad alcuni amici, diventano i difensori della Terra e contrastano i desideri di conquista da parte dei perfidi vegani. Ancora oggi ho negli occhi i mostri mandati dalle forze di Vega per distruggere Goldrake e la flotta degli aggressivi minidischi, pericolosi come zanzare tigre in un'appiccicosa sera d'estate. Da allora, per due anni, ogni giorno m'ipnotizzavo davanti alle avventure a colori di Actarus. Conosco a memoria le sigle, meglio del Padre nostro, e sogno ancora di poter gridare anch'io «Alabarda spaziale!» Se state pensando che ho dei disturbi psichici, ve lo confermo. Un'intera generazione di maschi, nati tra la fine degli anni Sessanta e i primi dei Settanta, se sente la parola «vegano» ha un brivido di terrore che gli percorre la schiena. Ho sempre pensato che applicare la stessa definizione a uno stile alimentare fosse oltremodo bizzarro. E altrettanto bizzarro è lo stile alimentare in sé, almeno lo era per le mie abitudini gastronomiche all'epoca del primo appuntamento. La maggior parte dei miei piatti preferiti erano assolutamente incompatibili con la cultura vegana. In perfetto ordine cronologico del loro ingresso nella mia vita, cito a memoria tutte le mie poco vegane abitudini gastronomiche preferite: il latte all'asilo, le girelle alle elementari, la pizza bianca con la mortadella alle medie, i cheeseburger al liceo, le bombe alla crema all'alba all'università, e a seguire il tiramisú, le melanzane alla parmigiana, le lasagne, la carbonara, la frittura di calamari e gamberi, il purè di patate, il profiterole, il pane casereccio con lo stracchino, senza dimenticare i fondamentali supplí della rosticceria di fronte alla palestra e le indimenticabili e mai superate polpette di mia nonna. Se vi è venuta fame leggendo queste righe, avete capito benissimo il mio sconforto.

Mi ero innamorato di una vegana!

Il secondo appuntamento

Fu necessaria tutta la mia conclamata esperienza di scrittore di messaggini simpatici per ottenere il sospirato secondo appuntamento. Sfoderai un diabolico cocktail di buffi buongiorno, romantiche buonanotte e originali faccine di animali. Alla fine, proprio al limite della denuncia per stalking telefonico, Claudia cedette e accettò un nuovo invito a cena. Per cautelarsi decise di venire con la sua utilitaria, in modo da avere una via di fuga pronta come Eva Kant. Le scrissi l'indirizzo del ristorante, precisando che avevo richiesto espressamente allo chef un menu vegano. Avevo mentito soltanto su due cose. Non era l'indirizzo di un ristorante, era quello di casa mia. E lo chef ero io. Quando se ne accorse aveva già parcheggiato ed era davanti al citofono. Decisamente troppo tardi per rinunciare. Era in trappola.

Non avevo tralasciato il minimo dettaglio. La credenza e il frigo erano stati ripuliti da ogni sostanza di origine animale. Se fosse arrivata la squadra di *Csi* non ne avrebbe trovato alcuna traccia, nemmeno col luminol. Per maggiore sicurezza non mi ero limitato a occultare gli alimenti proibiti, ma li avevo davvero regalati ai miei colleghi. Non volevo correre rischi. L'unica eccezione fu un'irrinunciabile confezione di Nutella da cinque chili, regalo graditissimo di un mio amico, che nascosi dietro una fila di romanzi nella mia immensa libreria. Introvabile.

Ma non mi limitai a questo repulisti gastronomico. Tutta la casa fu bonificata con attenzione e sapientemente arricchita da alcune chicche: appoggiai sul comodino l'ultimo romanzo di Ammaniti per sembrare colto ma romantico, accanto alla tv un cofanetto di *Breaking Bad* per sembrare moderno e aggiornato, sul tavolo l'ultimo numero di «Focus» per sembrare ambientalista e curioso. Parcheggiai in garage la mia collezione di «Quattroruote» e quella di «Playboy» in versione americana. Al loro posto misi una raccolta vintage di «Linus» (che fa tanto sinistra di una volta) e la vecchia enciclopedia dei *Quindici* (avevo preparato un meraviglioso e commovente aneddoto su quando mia nonna me la regalò, naturalmente inventato).

Il menu era stato ideato con attenzione e aveva richiesto un giorno di preparativi e l'aiuto dei miei vicini di casa, cuochi professionisti. Doveva essere un pasto gustoso ma leggero (non volevo ritrovarmi appesantito per l'eventuale seconda parte della serata) ed esaltare le mie doti culinarie. L'avevo anche stampato, come si fa ai matrimoni o nelle occasioni importanti.

MENU

Antipasti
Bruschettine ai funghi, aromatizzate al lime
Cestini di sfoglia con ripieno di asparagi
Crema di avocado e capperi di Pantelleria

Primi
Crema di zucca, carote e noci
Assaggino di risotto arancia e menta

Secondi
Bocconcini di soia al curry,
accompagnati da riso basmati

Sformato di patate, tofu e verdure,
con contorno di bocconcini di spinaci

Dolce
Macedonia in salsa di menta e cioccolata

Anche un onnivoro incallito, leggendo questa lista di leccornie, avrebbe subito un inevitabile aumento di salivazione. A questo aggiungete una sapiente illuminazione a base di candele e abat-jour, una tavola apparecchiata come a Buckingham Palace e una musica soft, un po' rétro (avevo scelto gli anni Novanta, quelli in cui Claudia era stata adolescente). Insomma, nulla era stato lasciato al caso. O almeno cosí credevo.

Quando mostrai a Claudia il menu, dicendole che avevo solo bisogno di un quarto d'ora per terminare alcune cotture, cominciò un fuoco di fila di

domande che nemmeno la commissione d'inchiesta dello scandalo Watergate.
– Per le bruschettine hai usato pane a lievitazione naturale?
– Sai che i funghi contengono carboidrati complessi, in particolare la chitina, che appesantisce il lavoro dell'apparato digerente?
– Gli asparagi che hai usato sono biologici? E l'avocado?
– La crema di zucca per quanto l'hai cotta? Dopo un solo minuto a 100° C si perdono le vitamine termolabili, prime fra tutte quelle del gruppo B e C, che diventano la metà.
– Il riso basmati è integrale?
– Lo sapevi che il tofu è derivato dalla soia? Hai fatto due secondi di soia, quindi. E la soia ha diverse controindicazioni, non bisogna esagerare.
– La cioccolata è fondente almeno all'ottanta per cento?
– Nella macedonia ci sono anguria o melone per caso? Perché vanno mangiati lontano dagli altri frutti e dai carboidrati.

Stavo per far partire il piú grande «vaffanculo» della storia dell'umanità, ma decisi di non sprecare tutta quell'accurata preparazione e provai a difendermi. Il problema era che ad alcune domande non sapevo rispondere, ad altre non *potevo* rispondere, perché avrebbero decretato la mia definitiva bocciatura come cuoco vegano e pretendente alla mano della bella Claudia. Mi arrabattai e alla fine puntai su un concetto vecchio, ma sempre affidabile: «È il pensiero che conta». In fondo ci avevo provato, e anche se quella cena non era perfettamente biologica e salutista, era comunque un tentativo apprezzabile. Durante il primo sfoderai l'aneddoto del regalo di nonna, servendo il secondo annunciai il mio imminente «periodo vegano di prova», assaporando il dolce le sfiorai la mano con finta noncuranza e lei non si sottrasse. Ero a un passo dalla vittoria. Poi le domandai:

– Vuoi un caffè?

Dovete sapere, ora lo so a menadito, che il caffè ha diversi effetti collaterali: visione offuscata, secchezza delle fauci, nausea, ulcera, tachicardia, irritabilità, insonnia, diarrea, vertigini e svariati altri.

Per questo motivo, Claudia non ne fa uso. Anche io mi schierai prontamente nel partito degli anticaffè.

– Io non lo prendo quasi mai, al massimo ogni tanto nel cappuccino.

Non l'avessi mai detto.

– Il caffè mescolato al latte bollente è micidiale. L'acido tannico del caffè, per effetto del calore, si combina con la caseina del latte, formando il tannato di caseina, composto piuttosto difficile da digerire.

A questo aggiungete la drammatica scoperta che l'avrei fatto con le cialde e capirete che tutti i punti che avevo guadagnato si erano dissolti in una tazzina di acido tannico.

Claudia propose in alternativa una depurante tisana.

– Quali hai?

– Diverse, sono la mia passione, – oramai mentivo con la naturalezza di Giuda.

Cominciai disperatamente a frugare nella mia dispensa, alla ricerca di una bustina abbandonata da chissà quando. Una tisana dovevo averla da qualche parte. Claudia mi aiutò nella ricerca e aprí uno sportello in basso. Uno sportello che non doveva aprire. Fece un passo indietro inorridita come se avesse rinvenuto un cadavere in formalina.
– Cos'è questo? – tuonò accusatoria.
Mi chinai a osservare l'oggetto in questione. Si trattava di uno di quegli affari un po' medievali, legno e metallo, che servono per bloccare i prosciutti interi e tagliarli con facilità. Avevo fatto sparire il prosciutto ma non avevo avuto il coraggio di liberarmi di un cosí utile attrezzo.
– Me l'hanno regalato, – risposi con un filo di voce.
– Certi regali bisogna avere il coraggio di buttarli via.
E cosí feci subito, salutando per sempre il mio fedele compagno di mille Natali in famiglia.
La cena era terminata, per fortuna. Era il momento di fare quattro chiacchiere sul divano, ma Claudia, temendo la trappola, continuava ad aggirarsi e scrutare la libreria.
– Si capisce tutto su una persona dai libri che possiede.
Lo sapevo benissimo. Per questo avevo eseguito gli aggiustamenti che sapete sul mio patrimonio letterario.
– Ti piace Banana Yoshimoto? – mi domandò.
– Non l'ho mai letta.
– Qui hai una copia di *Kitchen*.

Non lo sapevo nemmeno, uno dei tanti libri dimenticati che s'impolverano senza mai essere stati sfogliati.

Claudia lo estrasse.

– Sai che è il mio libro preferito?

Non lo sapevo no, altrimenti l'avrei imparato a memoria, meglio delle canzoncine dello *Zecchino d'Oro*.

Fece per rimetterlo a posto, ma qualcosa attirò la sua attenzione. Spostò un altro paio di libri e venne alla luce il barattolone di Nutella, malamente occultato. Nooooo!

Claudia si girò verso di me come se avesse visto l'Anticristo, anzi come se io stesso fossi l'Anticristo. Abbassai lo sguardo colpevole. Avevo perso. I veri uomini sanno ammettere la sconfitta. Ma io non ero un vero uomo, ero solo un finto aspirante vegano piuttosto maldestro. Game over.

L'ultima spiaggia

Malgrado il nutellesco inconveniente, un paio di settimane dopo, Claudia accettò, contro ogni previsione, un terzo appuntamento; forse le piacevo davvero, nonostante tutto. Anche se, confesso, per ottenerlo furono necessarie l'intercessione di alcuni amici e un po' di fortuna.

Ci incontrammo alla prima di un film e finimmo seduti vicino alla cena seguente. Per tutta la serata le chiesi insistentemente una nuova possibilità e, alla fine, lei accettò, credo anche per sfinimento. Temendo però un attacco diretto, la mia scaltra avversaria vegana si premurò di giocare in territorio amico, cioè la sua fiorita e biologica casetta di Monteverde Vecchio.

Stavolta ero sicuro di essere preparatissimo, avevo ripassato ogni nozione utile sull'universo *green* e addirittura avevo studiato *The China Study*, la loro Bibbia indiscussa, dopo la lettura del quale ti passa la voglia di mangiare qualsiasi cosa e cominci a meditare il suicidio. Comunque sia, ne sapevo quasi piú di Lisa Simpson ed ero pronto ad affrontare prove piú complesse di una semplice cena. Per essere piú ecologico andai a Monteverde addirittura in autobus e ci tenni a sottolinearlo prontamente all'arrivo.

– Sai che i mezzi pubblici sono sottovalutati a Roma? Ci ho messo un attimo, siamo vicinissimi. Dovrebbero usarli tutti, – affermai pinocchiescamente.

La mia millantata svolta ambientalista non ebbe i risultati sperati. Claudia restava sulle sue, presa dall'elaborazione di una cena dagli ingredienti a me sconosciuti. È davvero strano veder cucinare qualcuno e non riconoscere nulla di familiare, fosse soltanto una cipolla, o del basilico. Sul marmo obitoriale che avvolgeva il lavello vedevo allineati degli oggetti commestibili non identificati. Ne indicai uno che sembrava una patata.

– Questo cos'è?
– È una batata.
– Ah, una patata, infatti sembrava una patata, ma rossa.
– Non è una patata, è una batata.
– Una batata? – pensai che Claudia avesse dei problemi di dizione.
– Esatto. Con la *b*. Una batata rossa.
– Ah ecco... diciamo però che è parente della patata.
– È un tubero, ma le sue proprietà sono superiori rispetto alla patata classica.
– Che infatti neanche mi piace tanto...
– La batata è piú ricca di flavonoidi e antociani.

Annuii senza aver capito nulla.

– Sai cosa sono i flavonoidi e gli antociani? – mi domandò incalzante come Mike Bongiorno dei bei tempi.

Arrancai.

– Lo sapevo, ma in questo momento mi sfugge...

– Sono pigmenti antiossidanti.
– Sí, appunto.

Evitai di fare altre domande. Mi limitai a commenti generici sul clima, sulla pirateria che ha ucciso la musica e sull'importanza dello sport per la salute. Tutto procedette senza ulteriori intoppi, almeno fino al momento del pasto vero e proprio. Le pietanze erano state posizionate sul tavolo come in un piccolo buffet, senza una vera differenza tra il primo e il secondo. Indistinguibili tra loro. Delle poltiglie colorate molto simili agli omogeneizzati, accompagnate da alcuni fiori tra cui rose e gerani che, scoprii solo in quel momento, essere commestibili. Claudia mi servì una dose abbondante di ognuna. Il mio piatto sembrava la tavolozza di un pittore che aveva esagerato nello spremere i tubetti di tempera. Presi un bel respiro, come prima del tuffo da un trampolino, e assaggiai l'arancione. Le mie papille gustative si paralizzarono allibite. Era un sapore completamente inedito. Se avessi dovuto definirlo con due aggettivi, i prescelti sarebbero stati «stucchevole» e «disgustoso». Eppure sorrisi a trentadue denti e dissi:

– Ottimo. Mmm... davvero.

Claudia sorrise a sua volta, mentre si nutriva di cucchiaiate di verde smeraldo, blu oltremare e terra di Siena bruciata. Quest'ultimo colore era il piú commestibile per noi umani. Scoprii poco dopo che si trattava di un banale hummus di ceci con aggiunta di paprika e salsa tapina, che è una crema di sesamo. Per accompagnare il tutto mi avventurai nell'utilizzo del pane tostato. O meglio di quello che, a uno sguardo superficiale, *sembrava* pane tostato. In realtà erano fette a base di grano saraceno che, a dispetto del nome, non è grano ma una pianta a fiore dalla quale si ricava una farina scura dal sapore che definirei «personale». Nei pizzoccheri valtellinesi è anche appetitosa, ma in quel caso vive di luce riflessa, in quanto arricchita con patate, fagiolini e abbondantemente formaggiata. Non vale.

Comunque sia non ebbi un attimo di cedimento. Terminai il pasto e feci pure la scarpetta nel piatto. Ebbi perfino il coraggio di chiedere se c'era un dolce. C'era, purtroppo. Un pudding a base di fiocchi di avena, *maka* e frutta che aveva la stessa consistenza del Vinavil, cioè tendeva a non restituirti il cucchiaino. Anche l'odore era simile a quello della colla piú annusata di tutti i tempi.

Mi alzai con l'aria trionfale di un maratoneta che taglia il traguardo dopo quarantadue chilometri in salita sui sanpietrini. Avevo superato la prova piú importante. Chiesi di andare in bagno per liberare la mia cavità orale dal composto colloso prima che si coagulasse e sciacquarmi la faccia dopo l'immane performance gastronomica. Ero pronto alla seconda parte della serata, in cui mi avventuravo con ottimismo.

E infatti quindici minuti dopo ci baciammo. Fu un bacio lungo, proprio come l'avevo sognato per settimane. Stavamo per passare ai preliminari quando Claudia mi sorprese con una domanda davvero insolita:

– Hai con te le tue analisi del sangue?
– Prego?
– Le tue analisi recenti. Ce le hai? Vorrei vederle.

Ogni forma di eccitazione scomparve all'istante, polverizzata da questa singolare conversazione.
– Nel senso vuoi un test Hiv? L'ho fatto qualche mese fa ed era negativo.
– Anche. Ed epatite A, B e C. E citomegalovirus, sifilide e mononucleosi.
– Ah, proprio tutto. Non so. Però, per precauzione, possiamo ovviamente usare...
Estrassi una fiammante confezione di profilattici appena acquistati.
– Ho preso quelli anallergici, – precisai fiero.
– Inutile dirti che non sono una protezione sufficiente... – ribatté con decisione.
– Inutile infatti... allora che facciamo?
– Non facciamo nulla finché non vedo delle analisi.
– Allora... le faccio domani.
– Già che ci sei controlla anche i leucociti, la bilirubina, il colesterolo e tutto il resto. Tanto vale verificare i livelli.
– Tanto vale...
La serata terminò cosí. Tornai a casa con l'autobus notturno e sotto casa mi comprai un kebab che assaporai come il nettare degli dèi.
Il mattino dopo, all'alba, presi il numeretto 1 in un rinomato centro di analisi. Chiesi la costosissima procedura di urgenza per ottenere le analisi in due ore. Nel pomeriggio corsi trionfante a casa di Claudia, sfoggiando tutti i «negativo» della mia pagella sanguigna. La mia vegana preferita osservò le analisi con fare professionale e si fermò alla voce colesterolomia.
– Hai il colesterolo un po' altino.

– E quindi?
– E quindi da domani ti preparo una dieta apposita.

Accettai di slancio. In quel momento avrei accettato di tutto, persino un digiuno, pur di baciarla ancora.

E la baciai. E anche tutto il resto, che non vi racconto per una questione di privacy. Ce l'avevo fatta, ero atterrato sul pianeta Vega. Pensavo fosse solo l'inizio, e in effetti lo fu: l'inizio della fine.

Vegan friendly

Cos'hanno in comune Lev Tolstoj e Pamela Anderson?
E Mike Tyson e Albert Einstein?
Prince e Margherita Hack?
Terence Hill e Gandhi?
Socrate e Red Canzian dei Pooh?
Per almeno un periodo della loro vita sono stati tutti vegani.
A loro possiamo aggiungere anche Leonardo da Vinci, Paul McCartney, Tobey Maguire, Pitagora (quello del famigerato teorema), Carl Lewis, Voltaire, Martina Navrátilová, Bryan Adams, Alanis Morissette, Sinéad O'Connor, Robin Gibb dei Bee Gees, George Bernard Shaw, Ben Stiller, Fiona Apple, Natalie Portman, Epicuro, Linda Blair (questo era ovvio), Wagner, Bill Clinton, Platone, Moby, come già detto Brad Pitt, Ippocrate, Venus e Serena Williams. E ultima ma non ultima la portabandiera di tutti i vegani del mondo: Lisa Simpson. Un'allegra brigata di talenti e campionissimi, con una schiacciante maggioranza di musicisti e cantanti. Evidentemente le sette note invogliano a un'alimentazione salutista. Al gruppo dobbiamo aggregare infatti i vegetariani nostrani Battiato, Morandi e Celentano. Tutti personaggi

di multiforme ingegno, longevi e in grandissima forma fisica. Sarà un caso?

Secondo Claudia no. Non passa giorno che non mi ripeta come un mantra:

«Da anziana non voglio accanto a me un pensionato grasso, rimbambito e col girello, ma uno come Terence Hill che va in bici, a cavallo e ha una mente cosí giovane e attiva che a Gubbio e a Spoleto nessun assassino riesce mai a sfuggirgli».

Io, che avevo sempre immaginato di invecchiare placidamente come Bud Spencer e di poter finalmente rifiatare, seduto in una poltrona a leggere i libri che avevo comprato in attesa della terza età, ora vedevo comparire davanti a me lo spettro di lezioni di yoga, tapis roulant e colazioni a base di mele, centrifughe e noci. E non potevo nemmeno negare l'evidenza medica delle considerazioni salutiste di Claudia. Aveva dannatamente ragione. La sua teoria, che poi è la stessa del grande Veronesi, è che un'alimentazione corretta e uno stile di vita sportivo e sano, non solo allunghino la vita, ma contribuiscano a migliorare la qualità della vecchiaia. Il problema è che, con queste affermazioni, entriamo nel terreno minato della filosofia spicciola. In pratica mi costringono a dare una risposta al quesito atavico: «Meglio un uovo oggi o una gallina domani?» nella sua variante piú moderna: «Meglio un'amatriciana oggi o una vecchiaia sana domani?» Difficilissimo rispondere, soprattutto se abiti a Roma e i ristoranti ti attirano come le sirene di Ulisse a ogni passo con soffritti e odori vari.

Fatto sta che scelsi di crederle, fu un atto di fede. Se un giorno dovesse venirmi lo stesso un tumore, la gotta, la polmonite, l'arteriosclerosi o il Parkinson, non piangerò per la malattia che m'imprigiona, ma per i barbecue perduti.

D'altra parte, se tanti grandi personaggi hanno consigliato e insistono a consigliare questo tipo di alimentazione, un perché ci sarà.

Leonardo da Vinci, forse l'uomo piú ingegnoso di tutti i tempi, scriveva cosí:

> Se realmente sei, come ti descrivi, il re degli animali – direi piuttosto re delle bestie, essendo tu stesso la piú grande! – perché non eviti di prenderti i loro figli per soddisfare il tuo palato, per amor del quale ti sei trasformato in una tomba per tutti gli animali? Non produce forse la natura cibi semplici in abbondanza che possano sfamarti? E se non riesci ad accontentarti di tali cibi semplici, non puoi preparare infinite pietanze mescolando tra loro tali cibarie?

E ancora:

> Verrà il tempo in cui l'uomo non dovrà piú uccidere per mangiare, e anche l'uccisione di un solo animale sarà considerata un grave delitto.

Il geniale Leo affrontava la questione soltanto dal punto di vista etico e non da quello medico, ma il suo messaggio era forte e chiaro. Pensate che era un tale amante degli animali da acquistare uccelli in gabbia per poi liberarli, come descritto da Giorgio Vasari nelle sue *Vite*. Addirittura arrivava a scrivere questo commento, nel quale la gastronomia si mescola con la filosofia e la politica:

> Tutto ciò che viene portato a tavola del mio Sire Ludovico mi turba. Ogni pietanza è di una confusione mostruosa. Tutto è troppo abbondante. In questo modo mangiavano i barbari. Tuttavia come posso convincerlo

quando lui disprezza i miei piatti a base di nobili broccoletti e non trova spazio per le mie prugne accompagnate da una bella carota? Perché c'è piú beltà in un solo broccoletto, piú dignità in una singola carotina che nelle sue dodici pentole dorate, impilate, stracolme di carne e ossa; c'è piú austerità in una prugna secca, piú sostanza in due fagiolini verdi. Cosa devo fare per convincerlo di questo? La semplicità è tutto quello che il mio Sire deve riscoprire. E non solo lui ma tutto il paese.

Un attimo. Devo subito specificare: malgrado la mia passione per Leonardo da Vinci e il mio amore per Claudia, non sono diventato vegano. Non ancora. I polli arrosto nelle vetrine delle rosticcerie e la mozzarella di bufala calda mi provocano ancora tumulti al cuore, però ho cambiato in modo drastico la mia alimentazione. Su quattordici pasti settimanali almeno una dozzina sono vegani, nei restanti due mi concedo delle trasgressioni con pollame o pesce. Ho eliminato completamente la carne dei mammiferi, sia fresca sia insaccata. Sulla tossicità della carne rossa ormai si è pronunciata anche l'Organizzazione mondiale della sanità, continuare a consumarla è contro ogni istinto di conservazione. Nel mio caso, devo ammetterlo, la decisione, almeno all'inizio, fu dettata da una scelta piú salutista che etica. E ammetto di avere ogni tanto nostalgia della porchetta e del cacciatorino, cosí come della cotoletta panata e degli arrosticini, ma ne conservo un buon ricordo. Nostalgia ma non rimpianto, niente dura per sempre, d'altra parte. Si può vivere benissimo senza mangiare carne rossa. Diciamo quindi che sono diventato un semivegetariano che mantiene un livello di socialità accettabile. Non sono uno di quelli che se va a casa di qualcuno lo accusa di sterminio alla visione di un piatto di risotto alla crema di scampi. Purtroppo sono sposato con una che invece lo fa. Eccome se lo fa. Gli amici la conoscono bene e si prodigano a preparare frugali cene vegetali quando ci invitano. Il problema nasce quando andiamo a qualche evento o a cena da persone che non ci conoscono bene. È lí che Claudia dà il suo meglio riuscendo a far sentire in colpa e vergognare uno chef che magari si è lanciato incautamente in un classico della cucina padana, il vitello tonnato, assassinando ben due specie per una sola pietanza, senza contare le uova contenute nella salsa. Il piatto meno vegano della storia, un vero crimine gastronomico degno dell'ergastolo. Dovete sapere infatti che, mentre io non costringo nessuno a ingozzarsi di melanzane alla parmigiana, Claudia impedisce a chiunque di mangiare piatti che contengano vita animale. Ma non si limita a manifestare il suo dissenso, è una vera e propria terrorista vegana. Se incontra un amico in strada che si gusta una piadina prosciutto e formaggio, gliela strappa di mano e la getta in un cassonetto, convinta cosí di avergli salvato la vita.

Quello che ho capito dei vegani in questi anni è che la loro missione è giusta, condivisibile, socialmente ed economicamente vincente. È la modalità con la quale la propagandano che è imperfetta. Non si può cambiare l'alimentazione di qualcuno in maniera violenta e drastica. Ma cominciando a diffondere i perché e i percome dell'efficacia della dieta vegana, la rivoluzione avverrà da sola. Nessuno ha interesse a peggiorare la propria qualità della vita, e ricordiamo che, soprattutto in Italia, l'economia e la nostra stessa quotidianità ruotano intorno al cibo. Una passione popolare radicata, forse l'unica in grado di contrastare quella per il calcio. Provate a dire a un italiano medio di eliminare il prosciutto, il latte o il parmigiano e otterrete una chiusura totale sull'argomento. Provate invece a spiegargli perché dovrebbe limitarne il consumo e forse accetterà di farlo. Alla fine è tutta una questione di quantità. Un tiramisú al mese non ha mai ucciso nessuno. Comunque sia, in quel momento della mia vita, il mio problema non era certo la scelta gastronomica degli italiani, ma il bivio che mi trovavo davanti. Il mio personale *Sliding Doors*. Da una parte i miei vecchi compagni di strada culinaria, dall'altra quelli nuovi che avevano dei nomi esotici per nulla rassicuranti: Tofu, Seitan e Tempè. Sembravano i cattivi di un cartone animato giapponese, ma erano molto piú aggressivi. Una volta asserragliati nel tuo frigorifero erano capaci di resistere per anni e invadere tutte le tue padelle. Se avessi continuato a frequentare Claudia, avrei dovuto accettare le regole del suo universo. O almeno proporle un accettabile patteggiamento.

La nuova vita

Il punto di non ritorno fu quando, dopo nemmeno un mese di frequentazione assidua, chiesi a Claudia di trasferirsi a vivere da me, lasciando la sua casetta di Monteverde. Un gesto forse affrettato, certamente pericoloso. Il suo entusiastico sí fu infatti il segnale che avevamo abbandonato l'orbita terrestre e vagavamo sperduti per l'universo come la Luna in *Spazio 1999*. Ben presto capii che la rotta non era casuale. Eravamo diretti verso il pianeta Vega. E stavolta non c'era Goldrake a difendermi.

Quell'avverbio positivo cambiò per sempre la mia vita. E la mia casa.

Il ciclone Claudia fece irruzione nei miei armadi, nei ripostigli e nelle credenze con la stessa irruenza di un repulisti nazista. Ecco un elenco di tutte le nefandezze che scoprí in quella che credevo essere un'abitazione rispettosa dell'ambiente:

MAGLIONI DI LANA

«Ma tu lo sai quanto soffrono le pecore e quante ne servono per fare questo orrendo maglione? Da oggi solo vestiti di cotone e lino».

SCARPE DI PELLE

«Ma tu lo sai che il cuoio non si ricava solo dai bovini, ma anche da ovini, caprini, suini, equini, pesci e piú raramente da canguri, cervi e struzzi?»

PARQUET

«Ma tu lo sai che esiste un parquet atossico e non trattato che non rilascia sostanze volatili nocive al nostro organismo?»

ASCIUGAMANI

«Ma tu lo sai che dopo la doccia è sbagliato asciugarsi? Bisogna lasciar respirare le cellule e lasciare che l'acqua evapori da sola».

BAGNOSCHIUMA E SHAMPOO

«Ma tu lo sai che i bagnoschiuma e gli shampoo tradizionali sono inutili e controproducenti? Il sebo prodotto dalla pelle la protegge. Al loro posto puoi usare l'argilla verde».

CIOCCOLATO BIANCO

«Ma tu lo sai che è una bomba calorica composta da burro di cacao, zucchero, e derivati solidi del latte?»

CAMINO

«Ma tu lo sai che accendere un fuoco in un luogo chiuso sprigiona vapori che intossicano i polmoni?»

DETERSIVI

«Ma tu lo sai che si possono fare in casa con gli oli essenziali e il limone?»

WI-FI

«Ma tu lo sai che il wi-fi è accertato che provoca danni cerebrali? Spegniamolo quando non lo usi».
«Vabbe', amore, ma tanto viviamo in un palazzo dove ce ne sono altri dieci!»
«Ora vado a parlare con tutti i condomini!»

MICROONDE

«Ma tu lo sai che è cancerogeno? Possiamo usarlo come contenitore, magari come una piccola libreria».

PENTOLE

«Ma tu lo sai che esistono...»
«... aspetta, fammi immaginare. Delle pentole atossiche, costosissime che però fanno bene alla salute?»

PIUMINI E PIUMONI

«Ma tu lo sai che le oche...?»
«Lo so. Scusa, li butto. Perdonami. Chiedo scusa a tutte le oche del mondo».

Come avrete capito, non fu una passeggiata. Dovetti modificare tutte le mie abitudini, non solo quelle alimentari. Scoprii di sbagliare tragicamente anche la raccolta differenziata, che non era *abbastanza* differenziata. Le bottiglie di vetro andavano lavate e private dell'etichetta, la carta divisa attentamente tra giornali e riviste che contengono piú sostanze coloranti, le batterie scariche gettate a parte negli appositi contenitori, cosí come le medicine scadute e le lampadine. Un puzzle che rendeva molto difficile rigovernare dopo una cena, ma che ci regalava la medaglia d'oro di casa piú ecologica dell'universo. In pratica vivevo con il Gran Mogol delle Giovani Marmotte, una donna talmente rispettosa dell'ambiente e della natura da non uccidere nemmeno una sanguinaria e molesta zanzara. Quindi addio anche Autan e zampironi, addio polvere antiformiche, addio grigliate in terrazza, addio porchetta di Ariccia, addio pizza al taglio e addio aspirine. L'avvento di Claudia diede un nuovo significato alle diciture a.C. e d.C., che ovviamente per me rappresentavano: «avanti Claudia» e «dopo Claudia». La rivoluzione nella mia vita quotidiana fu molto piú radicale di quella portata da Gesú nella storia del mondo.

Il paradosso è che Claudia è fiorentina, un aggettivo che è già sinonimo di bistecca al sangue. Sua madre in particolare cucina un ragú clamoroso e una rosticciana da urlo, che però mi propone solo quando sua figlia è assente e a distanza di sicurezza. È, *era*, il nostro piccolo e saporito segreto.

I primi giorni furono drammatici. Claudia possedeva una tale quantità di vestiti, scarpe e borse da far spavento. Naturalmente tutte fatte con materiale ecologico. Ma l'evento piú allarmante fu la sfilza di elettrodomestici che fecero irruzione nella mia cucina. Io avevo soltanto un frullatore con il quale preparavo deliziosi milk-shake e un tostapane, compagno di mille pomeriggi davanti alla tv. A loro si aggiunsero la fioccatrice (per fare i corn flakes in casa), l'essiccatore (per disidratare frutta e verdura), il mulino portatile (per macinare la farina integrale), l'estrattore (per ottenere gustosi succhi), la centrifuga (che non è uguale all'estrattore, ma lo sembra), la spirale affettaverdure (per trasformare in spaghetti gli ortaggi), la yogurtiera (da usare solo con latte di soia o di riso), il germogliatore elettrico (una specie di incubatrice per semi), la vaporiera (per cuocere le verdure senza perdere le sostanze nutritive) e il Bimby (un macchinario tuttofare). A questo aggiungete una quantità indefinita di semi e spezie esotiche che vennero stipati nella mia credenza e alcuni vasi dal misterioso contenuto che affollarono la terrazza. Una vera e propria invasione.

Dopo il trasloco ero convinto di aver commesso un errore a trasformare cosí presto una frequentazione in convivenza. Ma non avevo ancora visto niente. Una mattina mi svegliai piú tardi del solito. Claudia non era nel letto e nemmeno in cucina. La trovai proprio in terrazza. Era inginocchiata a terra, china su un vaso e brucava allegramente dell'erba. Avete letto bene. Brucava.

– Buongiorno, amore... – le dissi.
– Buongiorno... vuoi? – m'indicò l'erba.
– Cos'è?
– Erba di grano, combatte i radicali liberi e aumenta le difese immunitarie.
– E perché la mangi... cosí?

– Perché se la taglio, si ossida rapidamente e perde alcune proprietà. Va masticata direttamente dalla pianta.

L'immagine della mia fidanzata che bruca a gattoni sul mio terrazzo è un po' il simbolo della nostra diversità. Non avevo mai immaginato che un umano potesse brucare. Il mattino seguente mi lasciai convincere a provare anche io. Diedi un bello strattone all'erba con i denti, come avevo visto fare mille volte alle mucche e scoprii che non era così facile estirparla. Certo non sapeva di lattuga o songino, piuttosto direi che sapeva di erba tagliata, cioè l'aspetto corrispondeva esattamente al sapore. In una parola era immangiabile. Fu la prima e ultima volta che brucai. Ma non fu l'ultima volta che, per colpa o merito di Claudia, feci qualcosa che ha poco a che fare con la razza umana.

Il terzo incomodo

Quello che finora vi ho nascosto è che Claudia non viveva da sola. Divideva l'appartamento con una coinquilina di trentacinque chili, bionda e piuttosto pelosa. Il suo nome proprio è Lana, ma lei la chiamava affettuosamente «Lana la cana». Si tratta di una simpatica labrador di sei anni, gioviale, affettuosa e affamata. Ah... un piccolo particolare: è quasi vegetariana. L'unica eccezione carnivora che le viene concessa è un po' di salmone selvaggio di primissima qualità un paio di giorni a settimana. Le prime volte che andai a casa di Claudia, non la conobbi perché era in gita a Firenze dai miei futuri suoceri. Non fu però soltanto la sua esistenza che Claudia mi celò, quanto piuttosto le sue abitudini. Lana dormiva nel letto con lei, come e piú di una figlia. Ora dorme nel letto con noi. Anzi, per la precisione, direi che io dormo nel letto con loro. Sono io il terzo incomodo, in pratica. A volte la sera noi non cuciniamo, ci accontentiamo di qualcosa di pronto, mentre per Lana c'è sempre un sopraffino risotto alle zucchine appena fatto o un cous cous alle verdure degno di un resort cinque stelle di Casablanca. Si nutre decisamente meglio di me, tutto cibo biologico e cucinato con amore. Piú di una volta mi sono ritrovato a osservarla divorare il suo pasto e invidiarla. Prima o poi le contenderò la ciotola, lo so. Ogni tanto, quando Claudia non c'è, le propino di nascosto dei würstel. Credo che mi adori soprattutto per questa piccola trasgressione.

Oltre a questo, c'è da dire che Lana non è un cane normale. Guarda i film in tv, seduta sul divano e apparentemente concentrata, ha il suo bagno (una zona della terrazza dove abbiamo fatto crescere un piccolo prato), le sue amiche (non passa giorno che non venga portata a incontrarle al parco) e il suo autista (io). Se rinasco voglio essere lei. Senza pensieri, senza commercialista, senza scadenze e senza malizia. Quando torno a casa, abbaia di gioia e mi salta addosso. Non c'è cosa piú appagante di qualcuno che aspetta il tuo ritorno. Nella vita a. C. non avevo mai vissuto con un cane, ero un gattaro indefesso, adesso penso che non potrei piú fare a meno di un essere abbaiante, nonostante l'impegno che richiede rispetto ai felini domestici. È uno dei pochi cambiamenti che non ho mai rimpianto, nemmeno per un attimo, in questi anni salutisti e quasi vegani. Claudia, Lana e io. La mia piccola famiglia.

Fausto non deve morire

Uno dei tanti film che amo, forse il piú bello (dopo l'inarrivabile *Shining*) tratto da un romanzo di Stephen King, è *Misery non deve morire*. Ve lo ricordate? Una infermiera pazza tiene prigioniero il suo scrittore preferito per impedirgli di far morire la protagonista dei suoi romanzi, la Misery del titolo. A volte, quando un film è ben fatto, t'immedesimi con il protagonista e provi le sue emozioni. Altre volte, se sei molto fortunato, hai la possibilità di vivere la stessa avventura nel mondo reale. Il problema è che il film in questione è un thriller piuttosto violento.

Una piccola premessa. Non mi ammalo quasi mai, non conosco il nome e il viso del mio medico curante, di conseguenza non so gestire bene nemmeno un insignificante 37,2. Già gli uomini, si sa, hanno una scarsa dimestichezza col dolore, ma se sono disabituati alla malattia diventano dei fastidiosi piagnistei ambulanti. Per questo, quando vidi sul mio sadico termometro il mercurio che segnava 38,4, ebbi la certezza di essere a un passo dal necrologio. Davanti ai miei occhi si materializzò la prima pagina del «Messaggero», con un trafiletto in un angolo in basso: «Muore il regista di *Notte prima degli esami*». Non c'era nemmeno il mio nome. Ma se approfondivi la notizia scoprivi che a farlo fuori era stata una terribile malattia infettiva, l'influenza, nella sua forma virale piú aggressiva, denominata scientificamente «bronchite». Una morte da fesso, indegna anche di un coccodrillo come si deve in un Tg. Immaginavo le riunioni dei giornalisti in redazione:

«Ragazzi, Fausto Brizzi è morto per una bronchite. Che si fa? Lo mettiamo nei titoli?»

«Ma no, troppo. Facciamo un ricordo domani a *Uno Mattina*, magari invitiamo i ragazzi di *Notte prima degli esami* in lacrime con Venditti al pianoforte».

«Perfetto! Ce l'hai il numero di Antonello?»

Rai 1 avrebbe riproposto il film che, sull'onda dell'emozione della mia recente dipartita, avrebbe vinto la serata battendo perfino il reality del momento.

Insomma, mi aggiravo tra divano e letto, preda di farneticazioni, mal di testa e tosse, salutando i miei libri a uno a uno, con affetto e riconoscenza, quando apparve sulla soglia di casa, appena rientrata da un set, Claudia. Capí al volo la situazione come solo i grandi torturatori della storia sanno fare.

– Hai la febbre?

– Sí, ma poca.

– Ci penso io, – disse. Aveva un tono a metà tra il buon samaritano e Hitler. Avrei dovuto fuggire in ciabatte nella notte e rifugiarmi da mia madre, che mi avrebbe accolto con una tachipirina e un brodo caldo, come tutte le mamme del mondo. Non lo feci. E fu un errore clamoroso.

Mi fece subito mettere a letto perché il riposo aiuta il decorso della malattia. Ma anche perché cosí sapeva dove trovarmi.

– Abbiamo una tachipirina in casa? – le chiesi tra un colpo di tosse e l'altro.

– Ne avevi un cassetto pieno, le ho buttate quando ho fatto pulizia.

– Ma quando uno ha la febbre hanno una certa utilità.

– Errore blu! Uno dei maggiori sbagli è cercare di abbassare la febbre. Capisco se avessi piú di 40 e rischiassi danni cerebrali, ma nel tuo caso ritengo che farla sfogare sia meglio. Evidentemente stai combattendo un'invasione batterica. Tuttavia...

Mi aggrappai a quel «tuttavia» come DiCaprio e la Winslet a quel pezzo di legno in *Titanic*.

– Tuttavia?

– Tuttavia ritengo che un antibiotico potrebbe aiutarti e contribuire a una veloce guarigione.

Un antibiotico. Meglio che niente.

– Ce l'abbiamo in casa? – domandai speranzoso.

– Certo che no.

Ti pareva.

– Ma non ti preoccupare. Lo faccio io. Ha la stessa efficacia, se non superiore a quello sintetizzato chimicamente.

Credetti di non aver capito bene.

– In che senso «lo faccio io»?

– Nel senso che fra dieci minuti ti faccio bere l'antibiotico naturale piú potente che esista.

Temetti l'arrivo di un intruglio a base di ali di pipistrello, ortica e sangue di vergine. Mi sbagliavo anche in questo caso, del resto sarebbe stato poco vegano. Quella che stava preparando era una bevanda molto meno invitante di qualsiasi pozione da fattucchiera. Gli ingredienti principali erano soltanto due: i famigerati aglio e limone. I due piú potenti antibatterici del pianeta. Basta far sobbollire (sobbollire, non bollire, sia chiaro) l'aglio e il limone per sette minuti e si ottiene una brodaglia che uccide qualsiasi virus si sia introdotto nel tuo organismo. Peccato che, come effetto collaterale, uccida anche tutti gli esseri viventi che si trovano a meno di dieci metri da te. Una bomba atomica bricolage.

Claudia si avvicinò al letto con la miracolosa medicina e mi chiese di berla. Non sto parlando di un cucchiaino o un bicchiere. Sto parlando di un'intera scodella maleodorante. Per incoraggiarmi ci tenne a precisare:

– Ne berrai una dose ogni tre ore. E domani sarai come nuovo.

O, se la fortuna mi assiste, morto, pensai. Meglio spirare nel sonno che questa tortura. Vi anticipo già che, nel seguito della nostra relazione, ho sempre finto di stare benissimo quando avevo l'influenza. Sono uscito, sfidando le intemperie, con 39 di febbre, pur di non rivelare il minimo segno di debolezza e risvegliare il suo istinto di crocerossina. Ma ormai, quella volta, la frittata era fatta. Mi aveva in pugno.

Mi tappai il naso e trangugiai l'orrido consommé. L'aglio unito al limone genera un odore nuovo, piuttosto penetrante e capace certamente di risvegliare i morti. Credo sia con una mistura analoga che Gesú riuscí a resuscitare Lazzaro. Nessun miracolo: solo aglio e limone, che peraltro in Galilea sono di ottima qualità.

La mistura mi tolse il fiato per dieci minuti. Restai accasciato sul cuscino, fissando il soffitto come un condannato a morte. Il mio alito era uno zampirone naturale. Non vedevo l'ora che mi venisse a tiro una zanzara per averne una conferma empirica. Dormicchiai per le ore successive. Mi svegliò Claudia con la nuova dose di pozione. Ormai avevo perso ogni bellicosità. Ero un prigioniero che si era arreso: avrei confessato anche di essere stato io a progettare gli schianti sulle Torri Gemelle, pur di mettere fine a quel martirio. Ad aggravare la situazione cominciarono i primi effetti dell'antibiotico casalingo, in primis una sudorazione eccessiva accompagnata da un aroma a metà tra quello del pollo tandoori e quello del cavolo bollito. Mi ero trasformato in una micidiale arma batteriologica. Claudia naturalmente si guardò bene dal dormire al mio fianco, ma riapparve come un angelo della morte alle due di notte per una nuova somministrazione di quel meraviglioso nettare. Oramai mi lasciavo fare qualunque cosa, come un burattino con la tosse. Neanche a dirlo, fu una notte d'incubi irripetibili. Sognai tutte le cose che amavo di piú che si trasformavano in mostri, dalle polpette di mia nonna a Claudia stessa, che nella mia fase Rem assunse le sembianze della strega di Biancaneve, solo che mi si avvicinava con delle corone di aglio al posto della mela stregata. La mattina dopo mi stupii di non essere affogato nel mio sudore o soffocato dai mefitici effluvi. Per correttezza, devo anche dirvi che la febbre era quasi svanita e che, il pomeriggio seguente, ero attivo e in discreta forma. La mistura aveva funzionato. Dovetti ammettere con Claudia che il suo intervento era stato efficace e risolutivo. Peccato che la mia epidermide, ignorando bagnoschiuma e profumi, continuava a esalare un odore di aglio che non passava inosservato. Fui costretto a darmi malato al lavoro per altri tre giorni, vanificando cosí gli effetti della cura. Da quel giorno, però, cominciai a interessarmi alla naturopatia, scoprendo che molte piante, frutti e fiori hanno effetti davvero benefici. Solo una domanda mi martellava in testa? Perché Dio quando ha deciso a cosa assegnare il compito di potente antivirale ha scelto l'aglio e non le fragole o l'anguria? Caro Dio, perdonami, ma è stato un errore indegno del tuo indubbio talento creativo. Quasi quasi ti meriteresti, come punizione, un bel 38,2 per un paio di giorni. E naturalmente Claudia come infermiera.

Pronto soccorso

Le dimensioni contano. Lo sanno tutti. E non solo in quello che state pensando.

Un leopardo non attaccherebbe mai un coccodrillo. Ma quando il felino in questione è un gatto e il rettile è una lucertola, una tradizione consolidata da millenni ci narra che la caccia è aperta. Gli spietati mici amano inseguire le indifese lucertole, torturarle come inquisitori medievali e, a volte, anche sgranocchiarle. Questione di istinto naturale e, soprattutto, di dimensioni.

Ognuno di noi ha assistito, nel giardino della casa di campagna dei nonni o nel cortile del mare, alla disperata fuga di una lucertola inseguita dal giurassico Romeo domestico. Se hai otto anni fai il tifo per il gatto e ridi divertito, se ne hai di piú neanche ci fai troppo caso. Al mondo, soltanto mia moglie fa il tifo per la lucertola.

Era una domenica mattina. Ci svegliamo sempre presto perché «sincronizzare il ritmo sonno/veglia sul sole fa bene all'organismo». Per questo alle cene di lavoro o al cinema alle dieci e mezza ho l'abbiocco facile. Perché in casa nostra c'è l'alzabandiera all'alba come al militare o agli scout. Quando mi sveglio, di solito, Claudia è in cucina che prepara la colazione e ha già fatto mezz'ora di yoga. È in splendida forma e sorride al mondo. Io invece assomiglio a Shrek in una trincea della Prima guerra mondiale. Messi l'una accanto all'altro facciamo la locandina disneyana de *La Bella e la Bestia*. La ricca colazione è già imbandita in cortile. La mia consiste in banana schiacciata con mirtilli, segale integrale e sesamo tostato. Se ignoriamo il fatto che credevo che la segale fosse un alimento destinato ai cavalli, la mistura non è male. Il problema è la quantità, davvero esigua. Certo, dite voi, dopo puoi sempre andare al bar, ubriacarti di cappuccini e ingozzarti di cornetti. L'ho fatto, una volta. La sera, al mio ritorno a casa, Claudia mi ha bloccato sulla soglia con quella sua aria da signorina Rottenmeier:

– Hai per caso mangiato dei lieviti oggi?

Mi osservai colpevolmente lo stomaco che però non destava sospetti e appariva identico alla mattina.

– No, – risposi fingendo sicurezza.

– Lo so benissimo che hai mangiato dei lieviti. Non mentire.

Messo alle strette confessai, ma non seppi mai da cosa se ne fosse accorta. Per precauzione non ho piú trasgredito. Almeno se Claudia è a Roma.

Insomma, quella mattina facevamo la nostra ricca colazione dei giorni di festa e in cortile irruppe Rodolfo, il soriano dei vicini. Per sua fortuna non c'era Lana la cana, sua nemica giurata, cosí poteva scorrazzare ovunque da padrone. Ignorò la nostra presenza e anche la colazione, attratto da una leccornia molto piú invitante: una succulenta lucertola. L'inseguimento avvenne proprio sotto gli occhi di Claudia. Rodolfo scattò verso la malcapitata con un'accelerazione ghepardesca. La colpí con un'unghiata degna di Wolverine e il rettile rotolò senza un gemito perché nessuno sa il coccodrillo come fa. Il sadico soriano stava per assestare la zampata finale, ma intervenne un terzo incomodo.

– Vai via, cattivo! Assassino! – urlò infatti Claudia alzandosi di corsa, armata di un contundente e minaccioso sedano (la sua colazione).

Rodolfo, spiazzato dall'impeto della mia consorte, di solito molto affettuosa con lui, se la diede a zampe. La protettrice degli animali corse immediatamente a soccorrere il rettile ferito. Le unghie erano andate a segno con la precisione di un bisturi. La lucertola aveva il ventre spalancato e le budella, o quello che erano, di fuori. Vedete che le dimensioni contano? A un coccodrillo Rodolfo non avrebbe mai fatto una cosa del genere. In ogni caso spero per lui che non gli venga mai in mente di provarci.

– È ancora viva! Presto, dell'acqua! – esclamò Claudia con una concitazione degna di *Grey's Anatomy*.

Accorsi con un bicchiere pieno, evitando di commentare. In simili circostanze io vengo retrocesso all'istante a bassa manovalanza.

Claudia intinse il dito nel bicchiere e l'avvicinò alla bocca dell'agonizzante rettile.

Che ci crediate o no, la lucertola sembrò apprezzare e bevve. Poi Claudia cercò di fare qualcosa per la paziente. Le rimise le viscere a posto, pigiandole come vestiti in una Samsonite troppo piccola, ma questo non sembrava alleviare affatto gli spasmi dell'infortunata. Anzi.

– Ha bisogno di essere operata da un esperto, – affermò. – Non posso farcela da sola.
– Non guardare me, – dissi. – Non ho mai operato una lucertola.
– Lo so, cretino, chiama il Pronto soccorso animali esotici!
Non capivo se mi stava prendendo in giro o meno.
– Che devo chiamare?
– Il pronto soccorso per i rettili. Trova il numero su Internet.
Il fatto strano non è che a Roma esista un Pronto soccorso animali esotici, ma che Claudia lo sappia.
– Certo.
Rintracciai il numero in questione e feci per passarle il telefono che squillava.
– Parlaci tu, amore, non vedi che le sto dando da bere?
Stavo per parlare con il Pronto soccorso animali esotici per la prima – e spero sia stata l'ultima – volta in vita mia.
– Pronto soccorso, buongiorno! – mi rispose una voce femminile piuttosto vellutata, quasi da call-center erotico.
– Ecco, signorina... noi abbiamo un problema con... con un rettile.
– Che tipo di problema?
– Un gatto l'ha ferito all'addome...
– Quanto ferito?
– Molto... proprio un bel taglio.
– Intanto provi a fermare l'emorragia...
– Non c'è molta emorragia...
Claudia intervenne come suo solito a parlarmi all'altro orecchio:

– Che dice? Vengono?

– Amore, aspetta, mi sta spiegando... – tornai a rivolgermi alla centralinista dell'ospedale. – Diceva, bloccare l'emorragia...

– Sí, poi disinfettare il taglio con il Betadine. Ce l'avete?

– Sí, credo di sí... Poi?

– Poi sollevi il rettile con cautela...

– Con cautela?

– Sí, lo carichi in macchina e lo porti urgentemente qui da noi... ce la fa?

– In che senso?

– Come peso, intendo. Altrimenti provi a utilizzare un lenzuolo come barella e si fa aiutare...

Guardai la lucertola, accudita da Claudia.

– No, credo di farcela.

– Allora? – chiese mia moglie, molto preoccupata.

– Un attimo, dice di portarla lí... Guardi, il trasporto non è un problema. Peserà venti grammi.

– Come venti grammi? Ma non stiamo parlando di un'iguana?

– Un'iguana? No, è una lucertola.

– Ah, un varano?

– No, una lucertola... piccola. Era qui in giardino.

Silenzio.

– Cioè lei mi sta facendo perdere tempo per una comune lucertola?

La voce suadente della centralinista era diventata alquanto antipatica.

– Sí. L'ha aggredita il gatto dei vicini. Rodolfo.

– Ma sta scherzando? Cioè, lei veramente sta chiamando per una lucertola ferita da un gatto?

– Sí... è che mia moglie è molto appassionata di animali e...

Claudia, sentendosi chiamata in causa, intervenne:

– C'è qualche problema, amore?

– Sí, non credo che curino lucertole di solito...

Claudia mi strappò il telefono di mano:

– Ah sí, e perché?

– Signora, perché di solito ci occupiamo di animali domestici...

– Questa lucertola vive a casa nostra... è domestica.

– Ha capito cosa intendo, animali con un nome, una medaglietta...

– Il nome glielo do subito, si chiama Chicca... lei sta solo perdendo tempo e Chicca sta soffrendo.

– Come glielo devo dire, noi non ci occupiamo di lucertole da giardino...

A questo punto Claudia sbottò:

– Perché siete degli specisti!!! Mi dia il suo nome, io la denuncio alla Protezione animali per discriminazione e vediamo! Se Chicca muore, l'avrà sulla coscienza!

Dall'altra parte si sentí solo un sonoro, inconfondibile *clic*!

Claudia mi guardò.

– Ha riattaccato! Mi ha riattaccato in faccia! Fausto, richiamala e fatti dare i dati cosí la denunciamo.

Quando mi chiama «Fausto» vuol dire che la situazione è grave.

A salvare capra e cavoli, ma non lucertole, ci pensò Rodolfo che, approfittando della distrazione mia e di Claudia, tornò a finire il lavoro lasciato a metà. Lo vedemmo andare via soddisfatto con la lucertola in bocca. Sparí in una siepe e addio Chicca, il nostro nuovo animale domestico.

Claudia cominciò a piangere per la sconfitta.

– Mi dispiace, Chicca... – biascicò tra i singhiozzi.

Quando fa cosí non capisco mai se mi prende in giro o è davvero affranta. E non so quale delle due cose sia meno preoccupante.

Il fioretto

A volte, durante questi anni con Claudia, mi è tornato in mente un periodo lontano e quasi dimenticato della mia vita: il catechismo. Ebbene sí, nei lontani anni Settanta andai al catechismo per fare la prima comunione, piú spinto dai regali che mi sarebbero arrivati, che da una reale vocazione cattolica. Lo scaltro sacerdote aveva organizzato un gioco con i fioretti molto efficace per fidelizzare la sua bambinesca platea. Ogni volta che uno di noi gli confidava un fioretto che aveva fatto quella settimana con successo, lui gli regalava un biglietto per la lotteria parrocchiale di fine anno con in palio una Bmx. Naturalmente era lui il giudice supremo che decideva se il fioretto era tale o no, se era una rinuncia significativa. Io, pur di avere quella Bmx, rinunciai per una settimana al Buondí a scuola, a sentire *Tutto il calcio minuto per minuto*, a leggere *Alan Ford*, ad andare al prato con gli amici, a giocare al Commodore 64, a mangiare il Mottarello ricoperto e a vedere *Happy Days*. Nonostante il mio impegno, la Bmx andò al mio compagno di scuola e catechismo Colapicchioni, che aveva già una Graziella e non meritava quella ulteriore fortuna. Ecco, tutto questo per dire che oggi la mia vita mi appare, talvolta, come un fioretto continuo, un susseguirsi di rinunce e castità alimentari, senza che in palio ci sia però l'agognata Bmx. Eppure, inaspettatamente, qualcosa è cominciato a cambiare dentro di me. Negli anni precedenti la mia energia vitale si spegneva piano piano con l'avanzare dell'età, mentre ora la sento di nuovo fluire con una forza quasi sovrannaturale. Qualcuno potrebbe dire che è merito dell'amore, una droga piú potente della metanfetamina, ma in realtà è merito dell'alimentazione e delle nuove abitudini. Eh già, perché Claudia non si è limitata a mettere sottosopra il mio frigorifero, ha preteso un cambio radicale nello stile di vita: piú ore all'aria aperta, piú sport, piú tempo libero. I principali dogmi della naturopatia scientifica, il corso che mia moglie stava seguendo. Per un workaholic come me, che si nutriva di stress lavorativo e competizione, è stata una rivoluzione copernicana. Non che non praticassi sport, anzi, ma sempre con l'ansia del risultato, con un occhio al punteggio. Conoscere Claudia, la donna meno agonista dell'universo, mi ha fatto modificare la rotta che stava distruggendo la mia psiche e il mio fisico.

Piccola nota per i miei avversari tennistici: non crediate che adesso non tenterò di battervi, diciamo però che prenderò con maggiore filosofia una eventuale sconfitta.

Detto questo, devo confessarvi che la vita quotidiana con una donna cosí non è stata e non è una passeggiata. Un piccolo esempio per farvi capire cosa intendo.

Una delle mie passioni principali è la prestidigitazione. Non la pratico, ma sono un appassionato spettatore di maghi. Amo essere stupito come quando da bambino guardavo a bocca aperta Silvan esibirsi in tv nelle sue illusioni. Una sera convinsi Claudia a venire con me a uno show teatrale chiamato *Supermagic*, una rassegna di prestigiatori bravissimi di tutto il mondo. Prenotai le mie poltronissime e mi preparai a tornare all'età di otto anni. Ero felice. Il primo che salí sul palco era un etereo mago cinese che manipolava le carte, il secondo un escapista tedesco che, novello Houdini, si liberava da qualsiasi gabbia, il terzo un italiano che la buttò sul comico con un misto di trucchi e clownerie, il quarto purtroppo era uno spagnolo che faceva apparire e sparire colombe, papere e conigli, forse il numero simbolo della categoria insieme alla donna tagliata in due. Il povero mago non aveva fatto i conti con la mia bellicosa compagna che, poco dopo l'inizio dell'esibizione, si voltò verso di me e mi chiese sottovoce:

– Ma le colombe sono vere?
– Sí, amore… è un vecchio classico.
– E le papere? E i conigli? Non sono finti?
– No.
– E dove erano prima?
– Prima di che?
– Prima di apparire.
– Non lo so. Nella manica, nella giacca, nascosti.
– Ma che è pazzo? Cosí gli fa male!

A quel punto Claudia si alzò in piedi e sbottò:
– È uno schifo! Io la denuncio alla Protezione animali! La smetta subito! Assassino!

Immaginate la faccia del mago iberico. Aveva capito benissimo: in spagnolo «assassino» si dice

asesino. Una matta gli stava dando dell'assassino per un numero con i conigli nel cappello. Disse qualcosa in spagnolo rivolto a Claudia che lo incalzò:
– Voglio vedere dove li tiene quando li trasporta. Non staranno mica in gabbia?
Il pubblico rideva, tutti ci guardavano. Io mi accostai a una signora anziana dall'altro lato, sperando che pensassero fossi suo nipote. Ero intenzionato a dissociarmi dall'accaduto. Ma ormai la situazione era precipitata, il mago si era interrotto e aveva perso il controllo del suo numero. Un paio di oche scapparono per la sala, creando il panico tra le prime file, un coniglio scomparve dietro le quinte e le colombe cominciarono a svolazzare come se il Teatro Olimpico fosse diventato una enorme voliera. Lo scompiglio fu assoluto. Si accesero le luci e il sipario fu chiuso, anticipando di qualche minuto la fine del primo atto. Alcuni inservienti cominciarono la caccia agli animali in fuga mentre il pubblico parlottava, ridacchiava e osservava Claudia. Molti le esprimevano anche solidarietà, credo soprattutto a causa della sua avvenenza. Decisi che era abbastanza, venni allo scoperto e le chiesi di andar via. Uscimmo dal teatro solo dopo la mia promessa di denunciare il mago. Tutti ci osservarono, qualcuno ci riconobbe, una figuraccia di proporzioni cosmiche. Il giorno dopo, a mente fredda, le spiegai perché era meglio evitare di presentare una denuncia che non avrebbe portato a niente. Claudia si ripromise però di fare una petizione per l'eliminazione degli animali dagli spettacoli di magia, in fondo quelli del Cirque du Soleil ci erano riusciti a mettere in scena un circo senza

animali. Sono sicuro che non lascerà cadere la faccenda. E sono anche sicuro che la nostra esistenza insieme sarà costellata di serate cosí. Divertenti da raccontare, un po' meno da vivere.

Un tradimento coi fiocchi

A questo punto vi starete già domandando perché mi sottopongo a questo faticoso regime militar-gastronomico-salutista. La risposta piú ovvia è «per amore», ma ne esiste anche un'altra piú egoistica e non cosí evidente. Mia moglie afferma che tutto questo le permetterà di passare meno anni da vedova. Una frase piuttosto convincente ed efficace, in effetti. Tutti noi, in cuor nostro, pensiamo di essere immortali, ma la verità è che le nostre abitudini alimentari e di vita condizionano fortissimamente gli anni che verranno. Ormai è chiaro che «prevenire è meglio che curare» non è soltanto un proverbio, ma una triste realtà. Triste perché, per curiosa coincidenza, le cose da evitare o da non fare in genere sono piacevoli.

È meglio mangiare del sedano o pane, burro e marmellata?

Indovinate quale delle due risposte è quella giusta.

È meglio un'insalata di farro o una teglia di lasagne?

Una bistecca di seitan o una Doc?

Non c'è bisogno di essere medici o veggenti: l'alimento piú gustoso fa piú male. È una regola aurea. E maledettamente insensata.

In casa nostra, per seguire questo criterio del «mangia peggio per stare meglio», esistono leggi precise: non entrano animali morti, latte e derivati, uova (a meno che non siano di galline libere e felici) e ogni tipo di glutine. Detta cosí sembra una tragedia alimentare, in realtà l'abilità di Claudia come cuoca, affinata negli anni, non fa sentire la mancanza di quasi nulla. Ogni tanto mi concede anche delle vongole e delle cozze, ma solo «perché non sono dotate di sistema nervoso centrale e quindi non soffrono». Quando mangio spaghetti senza glutine ai frutti di mare non ho cosí alcun senso di colpa.

Sia chiaro, ogni tanto infrango questo codice comportamentale e ingerisco alimenti vietatissimi e letali, tipo crème-caramel o tortellini, ma sono tenuto a confessare subito il misfatto e pagare cosí la giusta pena. Ogni violazione mi costa almeno un giorno di rimproveri e lezioni private di naturopatia su che razza di danno ho prodotto al mio organismo con quella porzione, chessò, di tortellini in brodo, oltre a un periodo di «spurgo» alimentare a base di acqua e limone, necessario dopo quello che Claudia definisce ottimisticamente «avvelenamento». Se vendessero un elettrodomestico in grado di farti una lavanda gastrica in tinello, sono certo che lo acquisterebbe e io sarei il suo paziente prediletto.

Il problema nasce quando mia moglie parte qualche giorno per lavoro e io resto da solo a Roma, la città delle mille tentazioni gastronomiche. Il primo giorno consumo le derrate predisposte dalla mia consorte nel frigorifero: zuppe, caponate e insalate di quinoa. Poi, terminate le riserve, sono costretto a entrare in quel noto luogo di perdizione comunemente chiamato «supermercato». In genere scavalco con un sol balzo la zona verdura che si trova all'entrata: la conosco a memoria, come la strada tra casa e scuola. Subito si apre il sipario sul settore che prediligo da sempre: il frigoriferone dei latticini. Davanti a me, allineati e luccicanti, osservo yogurt millefrutti, parmigiani invecchiati trentasei mesi, burri saporiti, formaggi di ogni consistenza e nazione. Mi lascio inebriare dall'odore del gorgonzola, del camembert e del piú ruspante provolone. Riempio i polmoni di aria proibita ed eccitante. YouPorn non è niente in confronto al frigoriferone dei latticini. Ho un'erezione imbarazzante e temo che la commessa di mezz'età se ne accorga. La immagino che ridacchia mentre finge di etichettare delle fette biscottate nello scaffale di fronte, non vedendo l'ora di spettegolare con i colleghi.

«Ragazzi, è tornato quel pervertito che si eccita con i formaggi!»

Non riesco mai a staccare gli occhi dal luminoso, refrigerato e candido reparto. Osservo, come fossi davanti a un prezioso Van Gogh, il modernissimo latte con aggiunta di calcio, i Galbanini che mi ricordano le merende al mare, i formaggini Mio che dentro la minestrina sono meglio di un weekend su un'isola deserta con Scarlett Johansson, le Fila e Fondi che, accoppiate ai toast e al prosciutto cotto, sono afrodisiache e, per ultimi, i budini al cioccolato che non hanno bisogno di presentazioni. Ma il frigo gigante non si limita a ospitare i miei amati latticini: ci soggiornano allegramente anche gnocchi, gnocchetti, ravioli, fettuccine all'uovo, margarine, sfoglie pronte per le lasagne, per le pizze, pesti classici e senza aglio per serate romantiche, sughi pronti di ogni genere e colore. Ogni volta ho una sindrome di Stendhal gastronomica. Se non è il paradiso, ci somiglia molto. Unico problema è che tutti gli alimenti che ho citato in casa mia sono VIETATISSIMI. Commetto già atti impuri sostando lí davanti e annusando in giro. Ormai il personale mi guarda con sospetto appena entro: nessuno si parcheggia un quarto d'ora davanti a una scaffalatura senza acquistare niente. In quest'epoca dinamica e veloce, tutti sfrecciano nei corridoi del supermercato come fossero al Nürburgring. Io sono l'unico cliente che non ha mai fretta.

L'ultima volta, stavo per tornare tristemente indietro al reparto verdura quando qualcosa mi bloccò. Una specie di richiamo della foresta, un senso di ribellione, d'insurrezione alimentare, che mi riportò di corsa davanti ai latticini. E cosí riempii il carrello con ogni ben di Dio: formaggi stagionati e freschi, Philadelphia classico e al salmone, Jocca formato famiglia, yogurt greco come se non ci fosse un domani e la cosa piú importante di tutte, la scamorza affumicata da fare alla piastra. Alla fine stavo per prendere anche della feta, poi pensai che la feta senza insalata e pomodori non serve a niente e la rimisi a posto. Non avevo alcuna intenzione di mangiare vegetali in quei pochi giorni di libertà che mi restavano. Invitai a cena gli amici piú cari, quelli che sapevano tenere un segreto, e gozzovigliammo fino a tardi, concludendo con una trionfale cacio e pepe a mezzanotte. Il giorno dopo mi sve-

gliai gonfio e intontito. Feci sparire ogni traccia del baccanale e andai al lavoro. La sera trovai Claudia già a casa, rientrata prima dal suo viaggio. Non mi accolse con un sorriso, ma con un'accusa diretta:
– Cos'hai fatto in questi giorni che non c'ero?
Io non capii a cosa si riferisse, ma negai come ti insegnano ai corsi prematrimoniali. Negare, negare sempre.
– Ti giuro, amore, che non ho fatto nulla. Ieri ho cenato con gli amici, un'insalata, un film e poi tutti a nanna.
– Smettila, lo so benissimo che hai fatto!
Annaspavo cercando di capire a cosa si riferisse.
– Non so di che parli.
– Ah no? E allora questa cos'è?
Tirò fuori dal frigo una confezione di parmigiano grattugiato, sfuggita al riordino, forse caduta dietro delle cotolette di seitan.
– Del parmigiano. Chissà come è finito in frigo…
– Già, come ci è finito?
– Ti giuro che io non c'entro nulla. Sono stato incastrato. Secondo me è uno dei miei amici che voleva farci uno scherzo.
– Vuoi dire che qui sopra non ci sono le tue impronte digitali? Sei disposto a giurarlo su tua madre?
Eh no, cosí non valeva. Dovete sapere che Claudia ha uno zio poliziotto negli Stati Uniti e io avevo il fondato sospetto che, pur di dimostrare la mia colpevolezza, l'avrebbe chiamato e avrebbe spedito il parmigiano alla scientifica dell'Fbi. Le mie impronte non sarebbero sfuggite al controllo. Comunque, anche se non si fosse spinta a tanto,

il dubbio che io fossi il responsabile del traffico casalingo di parmigiano sarebbe restato a lungo tra di noi e avrebbe compromesso la relazione. Era meglio confessare subito il misfatto e patteggiare la pena.

– È vero, amore, l'ho comprato io. È stato un momento di debolezza. Dopo tre anni di relazione, può succedere.

Mi fissò sconcertata e impaurita, come se avessi confessato l'omicidio dei vicini di casa. Ebbe solo la forza di dire:

– Mi hai delusa.

– Adesso non esagerare, dài. Sono solo due etti di parmigiano.

– Non è una questione di quantità, è che ormai ho perso la fiducia in te. Chissà che combini quando non ci sono.

– Ero stanco di mangiare la pasta senza formaggio. Già è senza glutine.

– Bisogna resistere alle tentazioni, soprattutto quando non le digerisci.

– Io digerisco benissimo il parmigiano. E mi piace pure.

La discussione stava degenerando. Il momento da incorniciare fu quando Claudia affermò:

– Avrei preferito trovarti con una bionda nell'idromassaggio!

Attenzione! L'aveva detto davvero?

Chiesi conferma:

– Cioè tu preferisci essere tradita che trovare del formaggio in frigo?

– Ma certo! Non che mi faccia piacere, ma almeno quella è un'attività fisica che produce endorfine, riattiva la circolazione e migliora l'umore. Lo sai che ci tengo alla tua salute.

«Sapessi, a questo punto, quanto ci tengo io!» pensai con entusiasmo.

Voi capite che se un giorno dovesse capitare il fattaccio e la mia consorte mi trovasse davvero alle prese con una bionda di passaggio, io avrei una giustificazione servita su un vassoio d'argento:

«Tesoro, stavo per comprare un caciocavallo, poi ho capito che avevi ragione tu. È meglio tenersi in forma».

Lei intuí subito queste mie sagaci riflessioni e mi anticipò:

– Questo non m'impedirà di cacciarti di casa se ti trovo a letto con una.

Ero incastrato. Una vecchia canzone di Antoine e Gian Pieretti diceva: «Tu sei buono e ti tirano le pietre. Sei cattivo e ti tirano le pietre. Qualunque cosa fai, dovunque te ne vai, sempre pietre in faccia prenderai!»

Ecco, nel mio caso non erano pietre, erano tocchetti di tofu, ma il risultato non cambiava. Non potevo sfuggire al mio destino di «rimproverato». E ormai non potevo piú scappare, ero un criceto che correva nella ruota.

Big Jim

Lo ammetto. I capelli non sono mai stati il mio punto forte. Quando ho scelto, inconsapevolmente, il mio Dna sono riuscito come un arciere infallibile a mirare tutti i difetti della famiglia di mia madre e tutti quelli della famiglia di mio padre. In quest'ultima una consolidata tradizione consiste nell'avere capigliature di qualità scadente. Non manca nulla: chieriche, riporti, anfiteatri, alopecie. Io sono riuscito a migliorare la dinastia, ho soltanto un diradamento dei capelli nella parte superiore del cranio: se sei piú basso di me, non te ne accorgi nemmeno. Per mia fortuna quasi tutte le donne lo sono. Almeno fino a quando non dormiamo insieme e si svegliano prima di me. Ricordo ancora l'urlo di dolore di Claudia:

– Ehi, ma sei calvo!

– Buongiorno, amore... – risposi assonnato.

– Non me n'ero mai accorta, – insistette.

– Di cosa? – ancora il mio sistema operativo non era acceso.

– Che sei calvo!

– Allora, non sono calvo, ho soltanto i capelli un po' piú radi qui sopra.

– Ma diventerai calvo presto!

– Non credo, ormai ho un'età nella quale...

Mi interruppe, senza lasciarmi il tempo di organizzare una difesa efficace.

– A me fanno orrore gli uomini calvi, sono l'antisesso. Se diventi calvo il nostro rapporto diventerà platonico, e visto che a me piace fare sesso, non vedo altra soluzione che lasciarci adesso.

Mia moglie ama girare intorno agli argomenti con tatto e delicatezza.

Vidi davanti a me lo spettro di una visita da un tricologo: già immaginavo i peli piú robusti della mia coscia o del mio petto, trapiantati nella mia cute come piante di zucchine. Se non avessero attecchito, potevo sempre ripiegare su un toupet ben fatto, a patto di non camminare mai controvento. Già immaginavo gli affettuosi commenti al mio passaggio:

«Ehi, zitti, stanno arrivando Fausto e il suo parrucchino!»

Alle brutte avrei potuto optare per la soluzione utilizzata al cinema: il tappo bruciacchiato di sughero. Sistema facile e intuitivo, un po' come i disegni al carboncino che ci facevano fare a scuola. Risultato estetico garantito, ma occhio ai bagni in mare e alle docce.

Una via crucis pilifera, per un problema che non credevo di avere.

Guardai Claudia con l'aria di un condannato a morte. Poi lei mi sorrise:

– Non ti preoccupare, amore mio, ho io la soluzione.

Non sapevo se essere sollevato o terrorizzato.

– E cioè? – mormorai con un filo di voce.

– Un impacco di mia invenzione.

- E quando l'avresti inventato?
- Per ora è un'idea teorica. Aspettavo appunto qualcuno sul quale sperimentarlo.

Eccomi trasformato in cavia umana. Tra i mille mestieri che ho fatto nella vita, mi mancava.

- Ma è una cosa sicura? - chiesi molto preoccupato.

Avevo dei flash davanti ai miei occhi: io con i capelli viola, io spelacchiato con i capelli a ciuffi, io con i capelli in fiamme come la torcia umana.

Mi rispose con ostentata tranquillità:
- Sono tutti ingredienti naturali.

Non era una risposta rassicurante: anche la nitroglicerina è composta da ingredienti naturali, e i suoi effetti sono noti.

Mentre facevo colazione la osservai preparare la pozione come Panoramix. Versava, bolliva, mescolava come un esperto druido. L'ultimo ingrediente fu un inoffensivo uovo sottrattomi prima che lo friggessi in padella. Feci allora la domanda che mi rimbombava in testa.

- Ma quella sbobba, la devo bere?

Rise e rispose come si risponde a un bambino ingenuo:

- Ma no! Moriresti in dieci minuti con lo stomaco perforato. Va spalmata sulla testa.

Ottimo, però la risposta conteneva la parola «moriresti», non c'era proprio da rallegrarsi.

- Posso sapere almeno quali sono gli effetti... cioè il principio attivo?

Mi spiegò che il misterioso unguento mirava a rinforzare i capelli, ma soprattutto la cute.

- Tutti sottovalutiamo che la parte da salvaguardare è la radice dei capelli, non il capello stesso. Se questo cade è per via della radice che si è indebolita.

Logico, ma non esaustivo. Evitai di fare altre domande. Era troppo tardi: la pozione magica era pronta.

Mi chiese di sedermi su uno sgabello e io mi accomodai come un prigioniero nel braccio della morte sulla sua ultima sedia. Chiusi gli occhi mentre mi versava l'intruglio sul capo e si assicurava che la stesura fosse uniforme.

– Ora resta fermo per un quarto d'ora. Non grattarti.

– Grattarti? Perché, mi pruderà?

– Non lo so, è un esperimento. Anzi, dimmi ogni sensazione, cosí miglioro la formula. Senti bruciore?

– No, dovrei?

– Mi aspettavo di sí.

Si infilò nella doccia, ignorando la mia domanda seguente:

– Ma bruciore quanto? Non mi avevi detto che bruciava!

Restai seduto per il quarto d'ora concordato. In effetti sentivo un certo calore. Ma forse era autosuggestione. Poi la mia torturatrice tornò, indossando un candido accappatoio e un sorriso.

– Allora? – mi chiese.

– Allora che?

– Tutto bene, intendo?

– Sí. Che devo fare?

– Direi di sciacquarli e cosí verifichiamo il risultato.

Ero sollevato. La parola «sciacquare» mi piaceva molto.

Mi alzai e mi toccai istintivamente i capelli. Quella che sentii era una sensazione antica, sepolta tra i file dei ricordi, ma non dimenticata. Big Jim. Avevo i capelli di Big Jim. La mia chioma si era compattata, anzi plastificata come quella del mio pupazzetto preferito. Ero un Big Jim di mezz'età, senza gli addominali scolpiti da un sapiente operaio della Mattel, ma con la stessa capigliatura solida. Una zazzera dura, impenetrabile e, lo scoprii un minuto dopo, impermeabile.
Urlai da sotto la doccia:
– Amore, ho la sensazione che l'acqua scivoli sopra quello che resta dei miei capelli!
– È l'effetto dell'uovo. Tra poco si scioglie. Tranquillo.
In effetti, dopo qualche minuto di doccia, i capelli cominciarono a districarsi. Ero salvo. O almeno cosí credevo.
Andai allo specchio e capii subito che qualcosa non andava. Avevo delle strane macchie rossastre sulla pelle, una arrivava addirittura fino a metà fronte.
Raggiunsi Claudia nell'altra stanza, cercando di non allarmarmi.
– Credo ci sia qualcosa che non va.
Mi osservò con aria professionale, cercando di non tradire emozioni.
– Era quello che temevo.
– Era quello che temevo cosa?
– Uno degli ingredienti, l'olio di iperico, ti ha macchiato la cute.
Cominciai a perdere un pochino la calma.
– Di grazia, cos'è esattamente l'olio di iperico?

– Un olio. Un prodotto naturale, stai tranquillo, amore.
– Non sto affatto tranquillo! Voglio sapere subito che diavolo è l'iperico e perché ha macchiato la mia testa.
– È un olio ottenuto dai fiori di iperico. Si raccolgono il 24 giugno, durante la festa di San Giovanni, e si lasciano macerare al sole perché assorbano tutta la potenza balsamica e terapeutica della sua energia.

La mia espressione era identica a quella di Ollio quando non sa se strangolare Stanlio o lasciar perdere. Claudia continuò come una Wikipedia umana:
– È un serbatoio naturale di carotene e per questo ha una colorazione di un rosso rubino e macchia ogni superficie con la quale viene a contatto.
– Quanto macchia?
– È indelebile.
– Cioè spiegami, prima che ti denunci ai carabinieri per lesioni personali, tu hai messo un colorante indelebile sulla mia testa?
– Guarda che l'olio di iperico ha delle proprietà incredibili. Aiuta la rigenerazione cellulare ed è un vasoprotettore naturale.
– Io sono interessato solo alla qualità «macchiaqualsiasicosa». Come cazzo lo tolgo?

Quando mi dipingono indelebilmente la testa con l'olio di iperico divento un pochino volgare.
– Non lo devi togliere. Si toglierà da solo.
– In che senso?
– Nel senso che la nostra epidermide ha un ciclo vitale di circa quattro settimane, trascorse le quali lo strato piú esterno sarà cambiato completa-

mente rispetto a quello di oggi. È come se si fosse macchiato solo il primo foglio di un bloc-notes, fra quattro settimane volti pagina.
– E io che faccio, secondo te, in queste quattro settimane?
La sua risposta fu spiazzante:
– Potresti indossare un cappello. Ti starebbe benissimo.
Non reagii. Ero ipnotizzato dalla mia immagine allo specchio con la sbavatura carminia sulla fronte come Gorbačëv. Claudia continuò:
– Però ti sconsiglio di uscire per un paio di giorni.
– E perché?
– Puzzi di uovo marcio, – fu la sua risposta, come se non fosse lei la responsabile.
Aveva ragione: puzzavo schifosamente di uovo marcio.
– Se vuoi ti faccio un impacco di aceto di mele che toglie l'odore.
– No, grazie, – due impacchi nella stessa mattinata mi sembravano eccessivi.
– Comunque vedrai come staranno meglio i tuoi capelli. Già li vedo piú rigenerati, – concluse trionfante quel genio della chimica della quale mi ero innamorato.
Era una magra consolazione. Evitai di dirle che la mistura di sua invenzione non avrebbe avuto lo stesso successo commerciale dell'aspirina per via di alcuni impercettibili effetti collaterali che rendono problematica la vita sociale. Commentai soltanto:
– Grazie, amore.
– Prego, – rispose con quel sorriso che mi impedisce sempre di respirare.

La notte, a causa dell'odore di uovo piuttosto persistente, fui addirittura spedito a dormire sul divano del soggiorno. Il mio posto nel lettone fu preso immediatamente da Lana, nonostante non sia proprio una cagna che profuma di lavanda.

Per alcuni giorni fui costretto a lavorare su Skype con i miei colleghi sceneggiatori, sistemando la luce ad arte in modo da creare un'ombra sulla fronte per nascondere la macchia. Poi la rigenerazione cellulare fece il suo corso e tutto rientrò nella normalità. Ora i miei capelli sono in gran forma. Credo si siano spaventati a morte quella mattina e stiano simulando una ripresa per non rischiare un nuovo trattamento.

Ieri pomeriggio, riordinando l'armadio delle cianfrusaglie, ho ritrovato il mio vecchio Big Jim, pagato tremila lire nel 1975. Quando mio padre me lo regalò fu il momento piú felice della mia vita. Era la mitica versione «karate», quella che, se premevi un tasto sulla schiena, faceva scattare il braccio all'ingiú come per spaccare un mattone con un colpo micidiale. L'ho tirato fuori dalla scatola dove riposava tra altri cimeli d'infanzia. Ho toccato i suoi capelli e ho sorriso intenerito per i quarant'anni volati via troppo in fretta. E per l'olio di iperico.

Nudo e crudo

Nella vita possono accadere tanti eventi drammatici: malattie, lutti, carestie, tagli della pensione, incidenti, divorzi. Ognuna di queste disavventure lascia nel corpo e nello spirito cicatrici e rimpianti. Ma mi sentirei di aggiungere in fondo a questa lista di tragici avvenimenti quanto mi è accaduto nel settembre 2013. Oggi ricordo quel mese terribile con un nome che lascia immaginare benissimo il Sahara culinario nel quale mi sono ritrovato: il periodo crudista.

Claudia aveva deciso che dovevamo sottoporci a un mese di disintossicazione; da cosa, solo lei stessa e Dio lo sapevano. Alimentarsi esclusivamente di sostanze crude, in gran parte frutta e verdura, è l'invenzione della frangia piú estremista dei vegani, le Brigate Rosse dei salutisti. Una dieta a base di vegetali non cotti ha una potentissima azione depurante per l'organismo. In quattro settimane avrei perso sei, sette chili e la gioia di vivere. Addio pastasciutta, addio wok di verdure, addio patate al forno, addio zuppe di cipolle, addio melanzane alla griglia. Tutte le ricette alle quali mi ero aggrappato nel mio praticantato vegano mi sarebbero state sottratte. Restavano soltanto le centrifughe, le insalate, la frutta e poco altro.

In realtà gli agguerriti crudisti sono molto creativi e hanno inventato dei pasti sostitutivi a quelli classici, almeno nella forma. Feci cosí conoscenza con gli spaghetti di zucchine conditi con olio extravergine di oliva biologico estratto a freddo, con i cracker cotti al sole, delle piccole mattonelle bianche, ottime per decorare i bagni pubblici, un po' meno per l'alimentazione umana, il cheesecake che non contiene *cheese* e quindi è una truffa a partire dal nome.

Claudia, che quando vuole rendermi la vita complicata è una professionista, si iscrisse a un corso di cucina crudista nel quale, in pratica, le insegnavano come tagliare la verdura in maniera da dissimulare la pochezza del contenuto e del condimento. A casa nostra entrò anche, trionfalmente, un lussuoso elettrodomestico chiamato Vitamix che altro non è che un frullatore potentissimo, capace di polverizzare qualsiasi sostanza, inclusi credo gli artigli di adamantio di Wolverine. Il rombo del Vitamix in funzione è una via di mezzo tra quello della Yamaha di Valentino Rossi e quello degli acceleratori gravitazionali utilizzati al Cern per la fusione atomica. Il geniale frullatutto riesce anche a trasformare, per motivi fisici a me misteriosi, della frutta tenuta in freezer in gelato mantecato, senza aggiunta di altri ingredienti. Il gelato è stato proprio l'alimento che mi ha permesso di sopravvivere durante quel mese di agonia gastronomica. La mia zattera alimentare.

Ogni mattina Claudia supervisionava la colazione a base di niente e frutta, poi mi consegnava una bottiglia, rigorosamente di vetro, contenente un succo di verdure varie e frutta fresca. La consistenza e il colore erano identici a quelli dello Slaim, la sostanza verde e appiccicosa con la quale giocavano i bambini negli anni Settanta. Il sapore, però, era assai peggiore. Ogni giorno ingurgitavo quella poltiglia che avrebbe depurato, rigenerato e donato energie nascoste ai miei piú che quarantennali organi. In effetti cominciai a sentirmi decisamente meglio. Almeno fino al mercoledí della seconda settimana. Quel giorno avevo dimenticato la bottiglia con lo strabiliante cocktail sul sedile di dietro della mia auto, posteggiata al sole. Andai in ufficio e venni trascinato in una serie di riunioni di lavoro, senza avere il tempo nemmeno di fare una piccola pausa. Un giorno di digiuno completo, pensai, non può che migliorare gli effetti del periodo depurante. Al tramonto tornai verso casa, aprii il cancello del cortile e posteggiai la mia auto. Solo in quel momento mi ricordai del succo. Aprii lo sportello posteriore e lo afferrai. Bastò quel minimo scossone per provocare una reazione inaspettata. Il tappo saltò come fosse quello di una bottiglia di champagne e il liquido spruzzò ovunque, su di me, sui sedili e sul tettuccio. La bevanda aveva fermentato, grazie forse all'alta temperatura della giornata e al forno che era diventato l'interno dell'auto. In pratica si era trasformata in una pericolosissima molotov vegetale. Gli effetti furono devastanti: sembrava che un posseduto avesse vomitato muco infernale dentro la mia monovolume. Dopo aver limitato i danni alla meno peggio con dei fazzolettini, rientrai a casa preoccupato. Raccontai l'accaduto a Claudia che, ovviamente,

mi rimproverò per non aver consumato il succo a tempo debito. Stavolta però avevo delle armi per contrattaccare:
– Perché si è trasformato in esplosivo?
– Non so, magari ha fermentato.
– Questo è evidente. Ma in poche ore fermenta cosí tanto? Non è che per caso la mistura che hai creato contiene qualcosa di pericoloso?
– Fammi controllare.
Si collegò a Internet, mentre io mi domandavo perché non l'avesse fatto prima di propormi il micidiale cocktail. Non eravamo ancora sposati, perciò il movente dell'eredità era da escludere. Poco dopo tornò con la risposta:
– Per una coincidenza avevo mescolato alcune verdure e alcuni frutti ad alta capacità fermentativa: pesca, mango, cavolfiore e broccoli. In realtà fanno benissimo e sono depuranti, hanno soltanto questa controindicazione.
– Io non la chiamerei controindicazione, ma esplosione. Allora ti prego, per i prossimi giorni, di non utilizzare materiali con effetti simili al tritolo. E, a proposito, non voglio piú sapere cosa c'è dentro il succo.
Sentire accostare la parola «mango» con la parola «broccoli» e tutto il resto, mi aveva causato un senso di nausea paragonabile a un mare forza 9. Nei giorni seguenti continuai a ingerire lo Slaim e a dimagrire, poi, per fortuna, dovetti partire per un viaggio di lavoro a Milano. Pochi giorni, le riprese di uno spot, ma sufficienti per regalarmi qualche attimo di respiro. Alla stazione Termini promisi solennemente a Claudia di alimentarmi soltanto

con centrifughe e tisane. Appena si fece piccina sul binario, corsi al vagone ristorante. Ordinai un panino e lo divorai avidamente. Quando ordini un panino del treno, chi l'ha assaggiato sa cosa intendo, vuol dire che hai veramente fame e sei a un passo dall'uccidere un controllore e mangiarlo con la stessa ferocia di Hannibal Lecter.

Sei a un passo dall'antropofagia.

Tanti auguri

Al rientro da Milano fui sottoposto a una casereccia Tac visiva, un accurato screening da parte della mia convivente. Voleva capire come mai, pur avendo bevuto solo centrifughe durante il mio soggiorno padano, ero ingrassato di quasi due chili. Naturalmente mentii. Già la prima sera avevo chiamato a raccolta alcuni amici locali ed eravamo andati in un famoso ristorante tipico dove mi ero ingozzato di risotto al salto e cotoletta con purè. I menu dei giorni successivi immaginateli da soli. Vi basti sapere che i set degli spot sono pieni di stuzzichini per ingannare il tempo tra un ciak e l'altro. E il tempo è molto, di solito. Però non potevo piú confessare e questo innescò una reazione a catena molto preoccupante. Claudia era convinta che, per qualche misterioso motivo medico da accertare, il mio metabolismo fosse impazzito e io, nonostante la dieta ferrea (e immaginaria), stessi ingrassando. Diventai cosí il suo paziente ideale, quello che le avrebbe fatto vincere il Nobel per la Medicina. Cominciò a studiare le mie analisi cercando nei valori il segnale nascosto dell'evidente disfunzione. Eliminò subito i problemi tiroidei, perché tutto appariva stranamente (e per fortuna, aggiungerei) nella norma. Appena tornai sotto il suo rigoroso

controllo alimentare l'incomprensibile tendenza a ingrassare smise di colpo e ricominciai a dimagrire. Non ci volle molto perché Claudia mangiasse la foglia (mai modo di dire fu piú azzeccato) e capisse l'orrenda verità sulla mia «malattia».
– Tu, quando non ci sono, mangi di nascosto?
– No, amore.
– Giuramelo.
– Te lo giuro.

Nel canto XXX dell'*Inferno*, Dante colloca i «falsari di parola» nella decima bolgia. La loro pena è essere arsi da una febbre cosí alta che il loro corpo emana vapore e ripugnante puzza di unto bruciato. Ero pronto a sottostare alla giusta punizione.

– Su cosa me lo giuri? – Claudia era determinata a fare chiarezza.

Esitai:
– Su... su... quello che vuoi tu.

Mi fissò con lo stesso sguardo che un regista regala a un attore cane. Non ero stato affatto convincente.

– Quante volte? – mi domandò come un sacerdote che la sa lunga.
– Qualcuna...
– Quante?
– Senti, ho mangiato. Lo ammetto. Tre volte al giorno come tutti.
– Che cosa hai mangiato?
– Non lo so. Dieta mediterranea. Cibi normali.
– Tu sei pazzo.
– Perché mangio?
– No, perché non me lo dici. Avevo già prenotato per un ricovero e un check-up completo.

– Perché ho preso un paio di chili?
– Tu non capisci quanto ero preoccupata.
– Di solito quando sei malato mangi e dimagrisci. Non l'inverso.
– E infatti mi sembrava assurdo. E molto grave.
Tentai di sdrammatizzare:
– Hai visto? Tutto risolto. Sto bene.
– Risolto un cazzo! – Quando Claudia diventa volgare, evento raro come una bella canzone degli One Direction, significa che la situazione sta precipitando. – Da oggi cominciamo una dieta vera.
– Perché quella che ho fatto fino a oggi cos'era? Una burla?
– Non hai nemmeno idea di cosa sia una dieta vera.
– Bevo due succhi di frutta verdi al giorno, cosa c'è di peggio? – Questo è il tipo di domande che non vanno mai fatte.
– Il digiuno.
Ci fu un silenzio attonito di qualche secondo.
– Digiuno in che senso?
– Nel senso che bevi solo acqua e limone. I benefici saranno incredibili. In una sola settimana di digiuno si può ottenere una riduzione del peso corporeo pari a sei chili e oltre. Inoltre eliminerai i depositi di grasso accumulato nel tuo organismo. La pelle diventerà luminosa e la flora intestinale si rigenererà.
– Addirittura?
– Fai ironia? Guarda che sono molto seria.
– Non lo metto in dubbio.
Sapevo benissimo che non scherzava.
Alzi la mano chi di voi ha mai provato una set-

timana di digiuno. Non la dieta dell'uva o stupidaggini simili. Intendo digiuno vero, dispersi nel deserto del Sahara con zero cibo e mille limonate al seguito. Potevo bere limonata fresca a volontà, ma non mangiare. Una settimana passa prestissimo se sei al mare con gli amici, ma se sei a Roma e sei a stecchetto integrale diventa piú lunga della muraglia cinese percorsa a piedi. Ero marcato a vista e la cosa peggiore era che Claudia non digiunava con me, si nutriva dei suoi soliti semi e germogli. Avrei dato un braccio per una porzione di quinoa o un'insalata verde, piatti che di solito bistrattavo per non dire schifavo. La crisi arrivò molto presto, al terzo giorno. Ero in terrazza e vidi alla finestra del palazzo di fronte un tipo in canottiera che mangiava un panino. Ebbi l'irrefrenabile impulso di scipparglielo con un balzo. Peccato che la distanza tra gli edifici fosse di almeno venti metri. Mi sarei schiantato sul marciapiede se avessi seguito il mio famelico istinto. Mi fermai un attimo prima. Dovete sapere che digiunare ha degli effetti non lontani da quelli di alcune droghe: allucinazioni, delirio di onnipotenza, energia inesauribile. Da quel momento in poi il percorso fu in discesa. Cominciai a vantarmi della cosa e a cercare, con scarso successo, di fare proseliti. In realtà era una reazione nervosa, mi stavo abituando alla sofferenza, un po' come la sindrome di Stoccolma, quando t'innamori di colui che ti ha rapito. Dopo una settimana il calvario terminò, anche perché oltre quel limite cominciano una serie di controindicazioni inquietanti per l'organismo. Comunque avevo perso cinque chili, un ottimo risultato. Claudia era in trionfo. Avevo superato ogni piú rosea aspettativa. Ero un allievo modello. Ancora oggi non so spiegarvi perché la seguii in quella follia. Forse fu la mia passione per le sfide e per le novità. O forse fu solo perché non avevo scelta.

Le eco-vacanze

Esistono due tipi di donne: quelle che per il loro compleanno preferiscono una sorpresa e quelle che hanno già la lista pronta per i festeggiamenti del 2030. Claudia fa eccezione. Per il suo ultimo compleanno mi ha chiesto esplicitamente un viaggio. Ma non pensate a mete tropicali o a dispendiosi weekend in capitali dello shopping. Mi ha chiesto un viaggio in un posto che si trova in Toscana, a nemmeno tre ore di macchina da Roma, e ha un nome un po' fricchettone: Fattoria della Pace. Un gruppo di volontari ha costruito questa masseria vicino al mare nella quale trovano rifugio gli animali salvati dai macelli: cavalli, maiali, mucche, galline e capre. Tutti insieme, nello stesso terreno, senza gabbie o recinti, a eccezione di quello che li separa dal mondo esterno. Quello appunto dal quale sono stati salvati e che li voleva trasformare in scaloppine, pennelli o brodo per tortellini. Un luogo fuori dal tempo e dallo spazio. Uno strano zoo all'aperto nel quale non ci sono barriere di alcun tipo tra umani e animali. I visitatori sono famiglie con bambini che vengono guidati all'interno del parco e iniziati all'amore per le altre specie. Gli unici adulti senza prole eravamo noi due, in compagnia di Lana la cana che abbaiava soprattutto ai cavalli. Devo ammettere che non mi sono mai sentito cosí tanto in colpa per ogni Chicken McNuggets che avevo divorato avidamente, per ogni arrosticino lasciato scivolare tra i denti, addirittura per ogni frittata di patate. Non c'è cosa migliore, per non mangiare piú animali, che conoscerli di persona. È curioso come la familiarità con alcuni di loro ci impedisca di mangiarli, mentre l'estraneità ce li renda appetibili. Nessuno mangerebbe il suo criceto o il suo labrador. Eppure ci sono popolazioni che si nutrono di topi e di cani. Questa è esattamente la strategia dei volontari della Fattoria della Pace. Per ogni animale che incontri nel tuo giro ti raccontano una storia. Una storia di dolore con un lieto fine. Come tutte le favole piú belle.

Conoscemmo cosí Orazio, un purosangue che si era azzoppato alla prima corsa internazionale nella quale era favorito; Marcello, un gallo depresso che non cantava piú da quando aveva perso la compagna; Papillon, una furbissima mucca che era evasa piú volte dal suo pascolo d'origine alla disperata ricerca di libertà (quelli della mia età colgono l'ironia del suo nome, gli altri interroghino Google); Enea, un maiale di dimensioni esagerate che si rovesciava a pancia in su per farsi coccolare e grugniva se smettevi. È con lui che concludemmo il giro. Chini nel fango ad accarezzare questo Jurassic Pig che ci fissava riconoscente. Alla fine eravamo brutti, sporchi ma molto meno cattivi. Da quel giorno non sarei riuscito piú ad avvicinarmi a uno dei piatti che avevano segnato la mia infanzia: i saltimbocca alla romana. Un piatto curioso (e perdonate la debolezza, saporitissimo) che abbina sapientemente la carne bovina infarinata a una fetta di prosciutto crudo. Cioè Papillon ed Enea, uniti da uno stecchino e spadellati al burro. Strano come adesso questa azione, che ho visto fare centinaia di volte a mia nonna, mi appaia simile al cannibalismo. Risalimmo in macchina in silenzio. Il momento peggiore fu una sosta pipí all'autogrill. Il percorso obbligato del market interno ci costrinse a passare attraverso una parata di formaggi e salumi che quel giorno assumevano un macabro significato. Rientrammo a tarda notte, ebbri di senso di colpa. Soprattutto Claudia, che mi raccontò del suo periodo da onnivora che aveva preceduto di poco quello buddhista e quello vegetariano che poi si era trasformato in vegan. Lo chiamava «il periodo oscuro». Capii quindi che quello che stavamo attraversando era un interminabile periodo di espiazione. Un cilicio gastronomico che ormai indossavo con una certa disinvoltura. Concludemmo la giornata abbracciati, dopo esserci promessi vicendevolmente di non avvicinarci piú a una salumeria.

Il mattino seguente Claudia si svegliò di buonumore. E con un'idea bislacca in testa: il regalo per il suo prossimo compleanno.

– Voglio un altro viaggio, però è un po' piú lontano.

– Dove?

– Bengala.

Bengala... una parola sepolta nella mia infantile psiche. La terra di Sandokan, la tigre di Mompracem, di Yanez, di Lord Brooke, di Tremal-Naik e, soprattutto, di Marianna, la Perla di Labuan, il mio primo, dolcissimo amore. La sua morte tra le braccia di Kabir Bedi, nel finale del primo Sandokan televisivo, fu il trauma che ancora oggi cerco di rimuovere come Bambi la morte della mamma.

Bengala... in effetti perché andare a villeggiare a Sharm el-Sheik o alle Maldive quando si può andare in Bengala? Un posto pazzesco, fuori dalle mete classiche dei nostrani vacanzieri.

Accettai nel giro di un nanosecondo. Ero pronto a pagare un costoso villaggio vacanze o a fare un viaggio on the road zaino in spalla. Dire ai miei coetanei che ero andato in vacanza in Bengala mi avrebbe reso un mito vivente.

– Hai già in mente una città, un resort o una zona da esplorare? Ci facciamo un giro su Internet per capire un po'?

– Già fatto! Voglio andare in un parco naturale dove allevano le scimmie rimaste orfane.

– Ma certo, ci facciamo una bella gita.

– No, no. Voglio proprio andare lí quindici giorni a fare la volontaria. Anzi i volontari.

Ahia!

– E che fanno i volontari?

– Si travestono da scimmie mamma per non far sentire soli i cuccioli.

Lo ripetei meccanicamente:

– Si travestono da scimmie mamma per non far sentire soli i cuccioli. Certo.

– Ho già scritto una mail e compilato un form con i nostri nomi.

– Ottimo.

– Alloggeremo nelle baracche dei ranger.

– Nelle baracche dei ranger, perfetto.

Neanche quando frequentavo gli scout mi ero spinto cosí in là. Glielo richiesi per conferma:
– Quindi noi andiamo là, ci ospitano dentro delle baracche...
– Nella giungla, – precisò.
– Dentro delle baracche nella giungla, bene, e ci dànno dei costumi da scimpanzé...
– Da oranghi...
– Da oranghi... e?
– E coccoliamo i cuccioli.
– Certo.
– E li allattiamo.
– E li allattiamo, perbacco.
– Sono orfani che hanno perso la mamma uccisa dai bracconieri.
– Esistono ancora i bracconieri?
Non l'avessi mai chiesto. Mi toccò assistere a una lezione sul bracconaggio in Oriente.
– I bracconieri in quella zona dell'India deforestano per ottenere olio di palma da vendere, con il quale fanno i biscotti che ti piacciono tanto. Gli oranghi, privi della loro casa naturale, finiscono per morire. Diciamo che la loro estinzione progressiva è un danno collaterale della deforestazione.
Non avrei mai piú inzuppato un biscotto nel latte, era evidente. Accettai l'idea dell'originale vacanza, facendole però promettere la non diffusione di eventuali foto o filmati di me vestito da scimmione che mi aggiravo per le foreste pluviali. La dignità è un bene prezioso.

Il riso fa buon sangue

A proposito di viaggi, un anno fa, con un gruppo di amici, decidemmo di fare una vacanza insieme: il modo migliore per diventare nemici. Noi non perdemmo tempo e cominciammo a litigare molto prima della partenza. Indicemmo infatti una riunione per stabilire, democraticamente, dove andare. Le proposte originali fioccavano: l'esotica Terra del Fuoco, l'incontaminata Isola di Pasqua... anche l'Islanda, per vedere l'aurora boreale. Difficilissimo far coincidere le esigenze di tutti: chi desiderava un villaggio con i campi da tennis, chi sul mare, chi con dei monumenti da visitare nei dintorni, chi lo voleva nell'emisfero sud del mondo per solidarietà, chi a meno di otto ore di volo. Un puzzle irrisolvibile del quale non riuscimmo a venire a capo per ore. Alla fine ci accordammo per una meta classica: la Thailandia. Ma non era finita. Individuata la nazione, si passò alla scelta della città e dell'alloggio.
– Io una volta sono stato in un villaggio a Phuket: un posto pazzesco!
– Mia cugina è appena tornata da Khao Lak dove c'è un hotel sulla spiaggia da urlo.
– Ho visto che a Phi Phi Island, dove hanno girato 007, affittano dei bungalow *overwater* che

se li prendiamo last minute non costano nemmeno tanto...

Claudia ci osservò parlare per una mezz'ora, poi lanciò la bomba.

– Andiamo dove volete... a patto che ci sia una cucina.

– Certo che c'è una cucina, – rispose un ingenuo amico, sfogliando un catalogo. – In questo villaggio qui, per esempio, ci sono cinque ristoranti!

Claudia lo azzittí con lo sguardo. Sapevo benissimo dove voleva arrivare.

– Una cucina nostra, intendo, – precisò.

Un enorme «cioè?» si stampò sulle facce dei presenti. Non capivano. Intervenni a spiegare.

– Claudia preferirebbe affittare una casa. Cosí può cucinare i suoi cereali e i suoi tuberi in santa pace.

Nessuno aveva mai preso in considerazione la possibilità di affittare una villa. L'immagine che si materializzò subito nella mente di tutti fu una pila di piatti sporchi come quando andavamo in campeggio in roulotte da ragazzi. Cominciò ad aleggiare un palpabile scetticismo. Tutti avrebbero preferito essere coccolati, serviti e riveriti da solerti operatori.

La democrazia andò però a farsi benedire e la mia consorte vinse la battaglia. Trovammo una bellissima villa sul mare con ben sei camere da letto. Ci saremmo stati tutti comodamente e avremmo anche risparmiato. Alla fine ci saremmo perfino divertiti di piú, mi spinsi a sperare.

Ovvio che sbagliavo.

Mancavano quattro settimane alla partenza, un tempo appena sufficiente a Claudia per fare le valigie, e io dovetti rispondere a quesiti di vitale importanza, tipo:

– Ci portiamo il Vitamix?

Il nostro superfrullatore atomico – che già conoscete – è quasi intrasportabile per via del peso non lontano da quello di un'incudine. Sapevo però che era una domanda a trabocchetto, ormai avevo imparato a riconoscerle. Cosí replicai nell'unico modo possibile: specchio riflesso.

– Come vuoi tu, amore.

Era una frase impeccabile e affettuosa. Inattaccabile. E invece...

– Cosí non mi aiuti. Se te l'ho chiesto è perché ho dei dubbi, – ribatté lei piccata.

Non esiste una risposta giusta alle domande a trabocchetto. Sarebbe stato meglio simulare un infarto e dribblare il problema.

– Secondo te che tipo di frullatore hanno in dotazione nella villa che affittiamo?

Tra le indicazioni nel sito c'era scritto un insufficiente: «cucina completa attrezzata».

– Ho bisogno di sapere di cosa è attrezzata. Esattamente.

Sapevo che senza dei dati precisi ed esaustivi non ne saremmo usciti. Scrissi al gestore del sito, scusandomi per la pignoleria, e in un paio di giorni ottenni la risposta.

Avremmo avuto a nostra disposizione un frigo, un forno a microonde (il mio, come ricorderete, è stato trasformato in una libreria), un tostapane e un frullatore, purtroppo di qualità scadente. L'indispensabile Vitamix trovò cosí trionfalmente posto nella mia valigia, che viene da sempre conside-

rata una dépendance di quella di Claudia. Avevo la certezza che già all'andata avrei dovuto pagare il peso in eccesso all'aeroporto. Ma questo non era niente rispetto alla successiva richiesta di Claudia.
– Ce l'avranno il riso, laggiú?
– In Thailandia? Il riso?
Era come domandare: «Ma a Napoli troveremo della pizza?»
– Intendo riso basmati integrale.
– Non so, ma immagino di sí. Appena arriviamo ci facciamo indicare un supermercato e ne compro una scorta famiglia.
– E allora perché quando andiamo a cena al thailandese i piatti li preparano con il riso bianco?
Non avevo una risposta accettabile.
– Perché forse si adeguano ai nostri gusti.
– Puoi chiamare l'ambasciata italiana e chiedi se a Bangkok si trova il riso integrale?
Era troppo anche per una vittima sacrificale conclamata come me.
– No, amore, non chiamo l'ambasciata per 'sta cosa.
– Fai come ti pare, ma allora ce lo portiamo da casa.
Era quello che temevo.
Decise che la quantità minima, considerando il numero dei giorni e delle persone, era dieci chili. Dieci mattoni di riso basmati integrale che avrebbero trovato rifugio, ovviamente, nella mia Samsonite.
– Ma non cucineremo sempre, magari qualche sera andiamo a cena fuori… – ribattei con scarse possibilità di successo.

– Stai scherzando? E dove? Come facciamo a sapere se usano tutte materie prime biologiche?
– Glielo chiediamo. Andiamo in posti top.
– Non avremo mai la certezza. Preferisco cucinare.

Mi rassegnai cosí alla risaia che avrebbe zavorrato il mio bagaglio.

Il giorno della partenza salimmo in taxi pieni di carabattole stile trasloco e raggiungemmo i nostri amici a Fiumicino, dove feci il mio allegro check-in, pagando quello che dovevo per il peso in eccesso dei bagagli. Fu un volo tranquillo, allietato soltanto da alcuni vuoti d'aria che io amo particolarmente e che Claudia considera l'anticamera dell'inferno.

I problemi arrivarono al varco doganale thailandese.

Se voi foste un addetto alla sicurezza italiana che intercetta un turista straniero con la valigia piena di spaghetti o maccheroni vi insospettireste, giusto? Pensereste: cosa nasconde questo tipo dentro i certamente finti pacchi di pasta? Non c'è un motivo logico per «importare» in Italia dieci chili di pasta.

Questo è esattamente quello che pensarono i solerti finanzieri di Bangkok. Vi riporto il dialogo, tradotto alla lettera dal thailandese.

– Collega, c'è un certo Fausto Brizzi, un turista italiano, che ha in valigia dieci chili di riso basmati.
– Sei sicuro che sia riso? Non ha senso.
– Infatti è quello che ho pensato. Ho già informato quelli dell'antidroga. Tra l'altro questo tipo ha una faccia che non mi piace per niente. Secondo me ha un passaporto falso e appartiene al cartello di Medellín.

– Viaggia solo?
– No, con un gruppo di amici. Probabilmente è la sua banda.
– Mettili tutti in stato di fermo.
– Già fatto.

Fu cosí che mi ritrovai in una stanzetta dell'aeroporto, interrogato da due funzionari di polizia locali.

Ora, dovete sapere che il mio rapporto con la lingua inglese è sempre stato molto conflittuale, figuratevi cosa ha comportato rispondere a domande poste non da un insegnante madrelingua del British Institute, ma da due gendarmi thailandesi convinti di avere di fronte un criminale internazionale. Io non capivo quasi niente di quello che dicevano, loro non capivano nulla di quello che dicevo io. Fu una scena di cabaret, con i due commilitoni che ogni tanto battibeccavano tra loro, l'aria minacciosa. Io già mi vedevo schiaffato nei sotterranei umidi di un carcere, abbandonato dalle autorità italiane dopo qualche mese di inutile trattativa.

Una cosa però la compresi con chiarezza: in Thailandia per traffico di droga c'è la pena di morte; puoi evitarla e ottenere l'ergastolo solo dichiarandoti colpevole, mentre la pretesa innocenza è considerata un'aggravante, se poi vieni contraddetto dai fatti. Io non ero tranquillissimo. In valigia avevo davvero del riso basmati, ma ho visto troppi film di genere per non sapere che a volte finisci incastrato per chissà quali motivi o coincidenze. Nel frattempo non avevo notizie di Claudia e dei nostri amici, di certo rinchiusi in qualche altro ufficio.

Disperato, tentai ogni tipo di arringa difensiva. Li implorai anche di cercare il mio nome su Internet per verificare che in Italia ero un regista piuttosto noto. Ma il loro protocollo era preciso: dovevano ottenere una confessione. Stavo per perdere la pazienza e commettere cosí l'errore della vita quando entrò un terzo funzionario che fece un cazziatone memorabile agli altri due e venne a scusarsi con me. Scoprii poco dopo che i miei amici avevano chiamato qualcuno in ambasciata e che, intanto, era stata verificata la non pericolosità dei miei bagagli. Ero salvo. Unico problema fu che il riso era stato aperto ed era perso per sempre. Mi ritrovai cosí, nel pomeriggio, a girovagare per supermercati locali in cerca del prezioso cereale. Scoprii, e non avevo dubbi, che ne vendevano in quantità industriale e di tutti i colori. Scelsi un arcobaleno di confezioni e tornai vittorioso nella nostra villa. Quella sera mangiammo, fronte mare, un risotto alle zucchine troppo al dente e scondito. Ma rispetto alla sbobba che mi avrebbero propinato in carcere, a me sembrò manna dal cielo.

La crisi

Ho sempre saputo che la passione di mia moglie per la vita salubre e la corretta alimentazione sarebbe peggiorata il giorno in cui avrebbe conseguito l'agognato diploma in naturopatia. Un corso che in tutte le nazioni del mondo è considerato laurea e che, solo in Italia, è un diploma.

La naturopatia è una scienza che ci insegna a utilizzare le proprietà del cibo e delle piante per migliorare la nostra esistenza. Spesso è confusa con i metodi alternativi, come l'omeopatia, una geniale invenzione di marketing per vendere prodotti senza alcun effetto terapeutico che non sia quello placebo, ma non ha niente a che fare con queste cose. Tutti sappiamo che alcune piante hanno una certa virtú o che vivere all'aria aperta fa bene. Il mistero è perché la maggior parte di noi, me compreso, tralascia di rispettare le buone regole. In fondo già le nostre mamme ci dicevano: «Mangia la verdura, che ti fa bene!» Anche se poi accanto alle zucchine mettevano la cotoletta impanata e fritta...

In ogni caso, dopo il diploma Claudia diventò molto piú agguerrita. Non potevo piú sgarrare. Ormai ne andava della sua reputazione. Può una naturopata avere un marito sovrappeso o con le analisi sballate? Certo che no. Cosí mi ritrovai catapultato in un regime ancora piú restrittivo. L'unica nota positiva fu che mi costrinse a praticare piú sport. Di solito le mogli mal sopportano le serate che il marito concede al calcetto o al tennis, nel mio caso invece era Claudia stessa che mi iscriveva a corsi e tornei, per tenermi in forma. A casa fui anche obbligato a fare yoga, una pratica che avevo sempre evitato con disinvoltura, e scoprii che non era un'attività serafica e zen come credevo, ma uno stretching faticosissimo. In breve, mi stavo sottoponendo a una preparazione atletica da olimpiadi. Ma stavo meglio, decisamente meglio. Per i miei amici ero diventato però una barzelletta (forse dopo questo libro la situazione peggiorerà); mi prendevano in giro, cercando senza sosta di «indurmi in tentazione». La mia posizione di «vegano part-time» risultava in effetti molto discutibile. Ero un appassionato di calcio che tifava per la Roma e una volta al mese per la Lazio; un sacerdote che osservava il voto di castità tutta la settimana tranne il mercoledí. Tuttavia ero consapevole che il mio era un percorso inesorabile; solo non potevo compiere la trasformazione d'un colpo.

In realtà, anche quando Claudia non c'era, la mia massima trasgressione erano i latticini. La carne ormai non faceva piú parte del mio panorama alimentare. Mi limitavo a mangiare del pesce quando capitava, evitando carni rosse e bianche senza troppa difficoltà. Riuscivo anche a entrare in una rosticceria per comprare della pizza senza guardare vogliosamente i polli arrosto. Claudia stava vincendo la sua battaglia. Ma nel periodo in cui andò per qualche settimana a Firenze a scrivere un romanzo cominciai a perdere colpi.

Furono dei tortellini con la panna a farmi crollare, in un'afosa sera di maggio. Ne mangiai mezzo chilo in trenta secondi, come un velociraptor. Seguirono una grigliata in terrazza e una carbonara untissima. Avevo rotto gli argini e stavo tornando il predatore onnivoro di un tempo.

Claudia lo scoprí presto, grazie alla soffiata goliardica di un amico, accompagnata da un filmato, e litigammo. La discussione degenerò andando oltre l'orizzonte gastronomico e salutista. In poche parole, ci lasciammo. Cioè, io sostenevo di avere lasciato lei, e lei sosteneva di avere lasciato me. Non eravamo d'accordo nemmeno su questo.

Il primo giorno di libertà fu indimenticabile. Cucinai e mangiai in continuazione, riattivando ogni mia papilla gustativa che avevo prepensionato. Ingurgitai almeno seimila calorie in poche ore. Dall'indomani la situazione si normalizzò e tornai alla mia solita vita. Ma Claudia mi mancava.

Resistemmo lontani meno di tre giorni. Fui io a chiamarla e lei esordí:

– Vuoi chiedermi scusa?

– Di cosa?

– Che mi tratti male quando io faccio tutto questo solo per la tua salute.

– Sí, lo so, ma a volte esageri.

– Cos'hai mangiato in questi giorni? – tagliò corto lei.

– Ma quasi niente, mi stavo lasciando morire.

– Bugiardo.

– In effetti ho svaligiato una macelleria.

LA CRISI

– Davvero?
– Ma no, scherzo. Ho mangiato benissimo.
– Bravo, amore.
– Hai detto amore?

La crisi era superata, ma approfittai della situazione e patteggiai un miglioramento delle condizioni di «detenzione». Ottenni un giorno libero al mese per alimentarmi a piacere. Eravamo pronti a ricominciare il nostro tran tran. In fondo ero consapevole che la sua maniacale attenzione per la mia salute era un atto d'amore. Quel minuscolo periodo di distacco mi aveva però regalato una nuova certezza: amavo Claudia e non volevo piú allontanarmi da lei. Stavo iniziando a pensare a una parola che inizia per «matri» e finisce per «onio». La parola piú pericolosa dell'intero Zingarelli.

Le nozze vegane

Quando chiesi a Dino, il padre di Claudia, la mano di sua figlia, notai una mal dissimulata espressione di sollievo nei suoi occhi. Ci diede il suo consenso e la sua benedizione con un tale eccesso di entusiasmo che avrei dovuto insospettirmi. Anche Nicoletta, la madre, fu ben felice di accogliermi in famiglia, ma soprattutto di trovare un alleato. Erano stati loro le vittime e le cavie della mia futura moglie per tanto tempo e non vedevano l'ora di essere sollevati dall'incarico. Quella sera Claudia pianse di gioia alla vista dell'anello e io mi imbarcai in uno dei viaggi piú curiosi di tutta la mia vita: l'organizzazione di un matrimonio ecologico e vegano. Sapevo che non potevo farcela da solo, quindi chiesi subito l'aiuto di una wedding planner, Anna. Lei sarebbe stata l'interfaccia tra le richieste fantasiose di Claudia e il mondo reale.

Alla prima riunione a tre sull'argomento fu subito evidente che i matrimoni standard non sono né vegani, né ecologici. Noi avremmo fatto a meno dei confetti, della torta (le torte senza latte, burro e uova non sono accettabili per il mio palato), di qualsiasi stoviglia o posata che non fosse biodegradabile, della maggior parte dei piatti nuziali classici, degli inviti cartacei, delle candele di cera e di mille altre cose. Volevamo organizzare il matrimonio in spiaggia, a Sabaudia, davanti alla casa di due carissimi amici, Pietro e Camilla. Cerimonia al tramonto, poi cena e concerto sulla battigia. Sembrava una soluzione semplice e fricchettona, in realtà nascondeva insidie di una certa rilevanza. Come organizzare il catering sul bagnasciuga? Come portare la corrente elettrica in una spiaggia cosí lontana dalla strada e, in particolare, come procurarsi «energia ecologica»? Valutammo tutte le soluzioni, anche la costruzione di alcune pale eoliche sulla litoranea. Alla fine Claudia dovette cedere sulla presenza di un gruppo elettrogeno a gasolio, lontano dagli invitati e dai luoghi abitati. Per il resto non mollò di un centimetro.

Il matrimonio fu integralmente *green*. O almeno lo fu nelle intenzioni. Gli invitati erano stati avvisati di lasciare le auto lontane in un apposito parcheggio, di abbandonare scarpe e telefonini. Il wi-fi della villa era stato scollegato (indovinate da chi?) e in spiaggia non prendeva nessun gestore. Sarebbero state sei, sette ore trascorse in un limbo inedito per la nostra generazione superconnessa.

I preparativi dell'allestimento si protrassero per due giorni. Il momento magico fu quando, a causa di una mareggiata, fummo costretti a «bonificare» la spiaggia dai vari relitti portati dalle onde. Claudia ci tenne a differenziare i rifiuti anche in quella situazione, e non fu una passeggiata. Quando arrivò il giorno fatidico ero stremato.

La cerimonia fu bellissima e sorprendente. Vi dico soltanto che Claudia, al posto del canonico e usurato «Sí, lo voglio», esclamò: «Sí, miao!», che era il suo modo originale di salutare, evento documentato da diversi video che potranno tornare utili per un eventuale annullamento per «vizio di forma».

Poi cominciò il banchetto, se cosí vogliamo chiamarlo: un ricco buffet vegano sistemato proprio accanto al palco dove si sarebbe tenuto il concerto. Durante la cena notai uno strano viavai verso un angolo buio della spiaggia. Ma dove andavano tutti? Li vedevo incamminarsi tristi e tornare sorridenti. La faccenda era ambigua e meritava un approfondimento. Ne seguii uno e scoprii l'arcano. Mauro, uno degli invitati, il mio testimone di nozze per la precisione, aveva portato di nascosto una ventina di chili di mozzarella di bufala di prima qualità e del pane casereccio fragrante. Era in atto un'insurrezione antivegana. Un gruppo di ribelli stava minando alla base il matrimonio *green*.

Quando mi vide impallidí.

– Non è come pensi!

– Ma che è?

– Sono delle trecce calde, le ho comprate in un caseificio di Latina.

– No, intendo, che state facendo. Se ti scopre Claudia qua succede un casino.

– Ho chiesto a tutti la massima discrezione.

– Discrezione un cavolo, c'è un andirivieni che nemmeno la metro B. Falla finita subito.

– Ma alcuni non l'hanno ancora avuta.

– Perché? Lo sanno tutti?

– Sí, alcuni hanno anche contribuito all'acquisto, sapendo che il menu sarebbe stato predisposto da Claudia.

Insomma, una vera e propria congiura.

Non sentii ragioni e afferrai lo scatolone di polistirolo con dentro le bufale residue. Poi abbassai lo sguardo e vidi la superfice bianca, morbida, profumata, avvolgente delle trecce. Non resistetti. Ne afferrai una e diedi un morso. Era tiepida e saporita. Fu cosí che mi trovò Claudia, con una treccia tra i denti. Inequivocabilmente colpevole. Quel pagliaccio del mio amico mi scaricò addosso ogni responsabilità:

– Io gliel'avevo detto che non era il caso. Ma lui ha insistito.

Claudia era allibita, come se l'avessi tradita con sua cugina durante la festa. Mi fissava con l'aria di chi ha il dito pronto a digitare il numero di un avvocato. A nulla serví il mio scaricabarile su Mauro e sugli altri. Fummo a un passo dal Guinness dei primati come matrimonio piú breve di tutti i tempi. Già immaginavo le risate in tribunale quando avremmo dovuto argomentare i perché e i percome della separazione repentina.

– Verrà il giorno che sulla carne o sul latte vaccino sarà scritto, come sulle sigarette, «Nuoce gravemente alla salute», – arringò Claudia. – Il che non significa che gli uomini smetteranno di consumarne, cosí come non hanno smesso di fumare. Saranno però avvertiti sugli effetti nocivi che provocano al loro organismo.

Sapevo che stava per iniziare un convegno sulla corretta alimentazione e tentai di arginare la mia da poco moglie. Per fortuna l'atmosfera gioiosa e la presenza di tanti amici spazzò via la possibile crisi. Il traffico di mozzarelle venne declassato a marachella goliardica e io fui perdonato. La serata si concluse con il concerto in spiaggia di Edoardo Vianello in persona e tutti che ballavano l'hully gully e il twist. Fu una notte indimenticabile.

Il mattino seguente mi svegliai all'alba, ancora carico di adrenalina, e andai in spiaggia, dove qualcuno si era perfino fermato a dormire. Ovunque si vedevano i resti del party vegano. Tra meno di un'ora sarebbe venuta una ditta a pulire tutto. In un angolo abbandonato, la scatola di polistirolo. La sollevai e la aprii. Dentro c'erano ancora alcuni candidi doni di mamma bufala, una decina di lussuriose trecce. Ne afferrai una. La avvicinai alla bocca e respirai il suo odore seduttivo. Aprii le fauci e mi preparai a quel morbido strappo che ben conoscevo. Poi mi fermai. Ero un uomo sposato. E certe cose gli uomini sposati non le fanno. Almeno non cosí presto.

L'orto biologico

Dopo il matrimonio, la nostra vita non cambiò molto. Dovetti solo sottostare ad alcune richieste che avevo cercato di ignorare per troppo tempo. Il massimo desiderio di mia moglie è sempre stato, infatti, possedere un orto superbiologico e nutrirsi di cibo autoprodotto. Facile. Bastava avere una casa con un bel giardino o un terrazzo e darsi da fare. Visto che la mia vecchia casa non aveva né l'uno né l'altro, cominciammo la ricerca di un attico con un terrazzo grande quanto un campo da tennis. Il mio sogno di comprarla venne però subito vanificato dalle richieste delle agenzie immobiliari: una casa cosí potevamo solo affittarla.

La ricerca durò quasi un anno:
– Questo terrazzo è troppo piccolo.
– Questo è esposto male.
– Questo è sopra un incrocio pieno di smog.
– Questo affaccia su un garage.

In pratica cercavamo un attico all'interno di un'incontaminata oasi del Wwf nel centro di Roma. Contro ogni previsione, lo trovammo. Grazie al fatto che era malmesso, potevamo permettercelo, cosí firmai allegramente un contratto, pensando che da quel momento in poi il mio compito si sarebbe limitato a un bonifico mensile. Come al solito, mi sbagliavo. Stavo per entrare nel magico mondo chiamato: «I mille modi di realizzare un orto biologico in terrazza».

Vasconi di legno vintage? Vasi di plastica ultraleggera? Classici cocci stile balcone della nonna? O ancora sacche di tela cerata appese in verticale? Questa degli orti sulle pareti è l'ultima moda di New York: nella Grande Mela non sei un vip se non possiedi un orto sul tetto di casa. Alla fine i quesiti erano cosí tanti che mia moglie si rivolse a un'amica di un'amica (le amiche delle amiche sono piú pericolose delle tracine) che faceva un mestiere del quale ignoravo l'esistenza: la designer di orti biologici. Non stiamo parlando di un semplice architetto che decide come sistemare i vasi o cosa piantarci. No. Stiamo parlando di una vera e propria artista dell'ortofrutticultura casalinga.

– Questa pianta seminata nello stesso vaso di quest'altra scaccia i parassiti.

– Questa, che sembra solo ornamentale, scaccia le zanzare.

– Quest'altra concima quest'altra eccetera eccetera.

In poco tempo fu scaricata in terrazza una quantità tale di terra biologica e purissima che doveva provenire da chissà quale paradiso tropicale, almeno a giudicare dal prezzo. Mi sentivo improvvisamente catapultato dentro *Hungry Hearts*, il film del mio amico Saverio Costanzo nel quale Alba Rohrwacher, salutista fuori di testa, fa un orto su un tetto (proprio a New York, peraltro) e poi impazzisce fino a mettere a rischio la vita del suo neonato primogenito. Dopo nemmeno due mesi, grazie al pollice verde di mia moglie o alla fortuna dei principianti, sul nostro tetto producevamo piú verdura dell'intero Liechtenstein. In particolare i pomodori e la lattuga crescevano rigogliosi e in quantità industriale. Non riuscivo a star dietro all'immane produzione di mele, frutti di bosco, carote, melanzane e zucchine. Cominciammo a fare sughi e conserve, a preparare marmellate e a regalare buste di preziosi frutti biologici agli amici. Era diventato un lavoro vero e proprio che non dava reddito ma mille impicci. Per fortuna la divisione con Claudia era equa: gli impicci a me, i meriti a lei. Lei era la magica coltivatrice vegana che conduceva i visitatori in gita sul suo meraviglioso giardino pensile, io ero il manovale addetto al coordinamento della manutenzione e alle spese generali.

Calcolai che ogni fragola ci costava cinquanta centesimi e ogni melanzana un euro. Prezzi da gioielleria. Ma in fondo anche le auto ibride costano piú delle altre della stessa categoria.

Soddisfatto della qualità del cibo mi rassegnai. Come avrete capito, ho un livello di sopportazione altissimo. Sono un ottimista nato, se dovessi naufragare su un'isola deserta la mia prima frase sarebbe: «Ma che bella spiaggia!» Nonostante questo, ebbi momenti di cedimento quando l'orto divenne qualcosa di piú impegnativo: divenne una sfida.

Claudia aveva deciso di provare a coltivare dei frutti esotici, difficilissimi da ottenere alla nostra latitudine. In primis i frutti della passione, seguiti da manghi e papaye. Naturalmente le nuove piante avevano bisogno del triplo dell'attenzione. Ero sicuro che il fallimento sarebbe stato totale e la delusione di Claudia inconsolabile. Invece, contro ogni logica, spuntò il primo frutto della passione. Poi ne arrivò un secondo. Fine. Il raccolto si limitò a due esemplari. Le altre piante non attecchirono o si dimostrarono piuttosto disinteressate a produrre qualcosa di commestibile. Calcolai che i due frutti (peraltro gustosissimi) mi erano costati circa trecento euro l'uno. Era decisamente un hobby costoso, ma sempre meno di una collezione di francobolli o di 33 giri.

Le stagioni passarono e Claudia si abituò all'orto: non era piú una novità. Aveva bisogno di nuovi stimoli. Dopo tutto in molti hanno un orto, magari non in terrazza, però non è una esperienza davvero unica. E per Claudia l'originalità è un valore, meglio se unito al servizio sociale e all'amore per gli animali. La soluzione fu semplice:

– Perché non apriamo un canile?

– In che senso?

– Nel senso che finanziamo la costruzione di un nuovo canile. Un canile *green*.

Non era l'utilizzo del «noi» che mi turbava, quanto l'operazione in toto.

– Intendi un canile vero? E chi ci bada? Abbiamo bisogno di cibo...

– Lo compriamo.

– Di veterinari...

– Li assumiamo.

– Sí ma anche di impiegati... insomma mi pare una struttura complicata...

– Troverò dei volontari. Quanti ne vuoi. Non

ti sei reso conto che il problema del randagismo è diffusissimo? È uno dei mali della nostra società.

Dopo una piccola lezione di educazione civica, accettai di finanziare un canile. Un progetto impegnativo al quale Claudia si sta dedicando da tempo e che ancora non ha visto la luce, tra problemi di individuazione del sito, permessi e tutta la burocrazia italiana che ben potete immaginare. Ma lei ce la farà, ne sono sicuro.

Colpo di scena

Avevamo appena trovato un equilibrio nella nostra relazione, come funamboli in bilico su una corda tesa sopra il Grand Canyon, quando arrivò una notizia tanto desiderata. Claudia era incinta. Le parole con le quali me lo comunicò non furono le classiche «Amore, aspettiamo un bambino», le austere «Fausto, sarai padre» o le sibilline «Credo che presto dovrai rinunciare alla tua stanzetta-studio». No. Furono le inquietanti «Dobbiamo trovare un pediatra vegano».

La meravigliosa novità passò in secondo piano rispetto al dibattito che fece scaturire.

– In che senso un pediatra vegano?

– Nel senso che non mando certo mia figlia da un pediatra qualsiasi, ma da uno che sostiene la nostra causa.

– Perché hai detto «figlia»?

– Perché sarà femmina, lo so.

– E che fa un pediatra vegano di diverso?

– Ti segue lo svezzamento con alimenti naturali e adeguati.

– Per esempio?

– Intanto il primo anno e mezzo lo allatto io. Piú naturale di cosí.

– Un anno e mezzo?

– È il nutrimento piú completo. Piú tempo lo allatti, piú si formano i suoi anticorpi.

– Ma scusa, il latte non finisce?

– Il seno non è mica una borraccia. Finché continui a usarlo, il latte si genera.

– Ah ecco, non lo sapevo.

– Poi, a sette mesi, cominciamo anche a fargli assaggiare frutta e verdura.

– Questo lo immaginavo. E gli omogeneizzati? Che peraltro sono buonissimi.

– Te li scordi. Li faccio io in casa.

– Nemmeno i biscottini nel biberon?

– Nel biberon ci saranno sciolte sostanze ben piú nutrienti di un biscotto. Latte di soia ovviamente.

– Ovviamente.

Cominciavo a sospettare che nel mio caso la definizione «patria potestà» sarebbe stata svuotata di qualsiasi significato.

– E poi, – continuò, – il pediatra vegano mi deve seguire passo passo.

– E perché?

Nooooo, Fausto, non hai ancora imparato? Non si chiede mai perché. Un quarto d'ora dopo sapevo tutto sul motivo per cui il pediatra vegano sia la spalla ideale per assistere una donna e la sua neonata. Alla fin fine si tratta di affinità elettive. Claudia si fida più di un vegano che di un onnivoro.

Per fortuna dopo un po' passammo a un argomento piú leggero, sebbene altrettanto pericoloso. La scelta del nome.

– A me piacciono Eva se è femmina, Luca se è maschio, – proposi timidamente.

– È femmina, quindi concentriamoci su quelli da femmina. Eva non si può sentire.
– Benissimo. Allora io direi di fare una rosa di nomi tu e una io, poi ci inventiamo una votazione, degli spareggi...
M'interruppe.
– Chi la tiene in pancia?
– Tu.
– Quindi il nome lo scelgo io. Si chiamerà o Nina o Penelope.
Come immaginavo, la patria potestà era stata calpestata e gettata nella pattumiera. Ribattere era inutile. Tanto l'indomani avrebbe cambiato ancora idea. Mi concentrai di nuovo sulla questione vegana.
– Ma non è meglio alimentarla in maniera più varia e poi lasciare che da grande sia lei a decidere?
– Non dire stupidaggini. Io voglio che mia figlia cresca sana, quindi la carne rossa non la toccherà mai. Al massimo del pesce ogni tanto. Ma solo pesce azzurro.
Avevo un «perché» sulla punta della lingua, ma mi trattenni. Pesce azzurro mi sembrava già un buon risultato.
Dal giorno seguente cominciarono le ansie. La prima insidia si chiamava toxoplasmosi, una malattia stupidissima se presa in un periodo qualsiasi della vita, ma pericolosissima in gravidanza. Scoprii che Claudia negli anni precedenti aveva fatto di tutto per prendersela, così da immunizzarsi e non avere questo eventuale problema. Purtroppo non c'era riuscita e ora ci toccava sterilizzare verdura e frutta. Sto parlando proprio di sterilizzare.

Ogni mirtillo o acino d'uva era lavato piú volte in acqua calda, poi messo in ammollo con il limone, poi risciacquato e messo in ammollo con il bicarbonato. Non potevamo andare in nessun ristorante, a meno che non ci permettessero di accedere alle cucine ed effettuare noi le complesse operazioni igienizzanti. Capii che stava iniziando per me un periodo di detenzione di nove mesi, e con una compagna di cella piuttosto umorale e autoritaria. Ma il pensiero di Nina, Penelope o come cavolo si sarebbe chiamata mi aveva talmente invaso il cuore che avrei sopportato anche delle torture cinesi pur di stringerla tra le braccia.

Qualche mese dopo, Claudia fece l'ecografia decisiva: era femmina.

L'anno che verrà

I mesi sono trascorsi lenti e l'imminente arrivo della piccola vegana mi provoca pensieri e riflessioni. È davvero giusto imporle un'alimentazione cosí ferrea?

Nel frattempo ho continuato la mia esplorazione dell'universo vegano e *green* in generale. La verità è che non posso non ammettere che la maggior parte dei vegani sono persone sane nel corpo e nello spirito. Aperte, solidali e, fondamentalmente, buone. È probabile che se i governi del mondo fossero guidati da vegani il nostro pianeta sarebbe migliore.

Certo, ci sono delle eccezioni. Si dice che Hitler non mangiasse la carne.

In ogni caso chi è la persona piú buona di tutti i tempi?

Risposta scontata: Gesú.

Ed era vegano?

Niente affatto. Moltiplicava i pesci e li regalava da mangiare.

Erano tutte creature del Signore, cioè inventate da suo Padre, eppure non riteneva inopportuno cuocerle. Addirittura, secondo le fonti storiche, durante l'ultima cena si mangiò agnello arrosto. Un menu che farebbe inorridire Claudia. Va bene, Gesú aveva delle attenuanti, in fondo non era

L'ANNO CHE VERRÀ

mica un naturopata, ma non aveva nemmeno quel senso etico che oggi è la bandiera di ogni vegano. Anche nelle parabole non era da meno, pensate al figliol prodigo che torna e al padre che uccide il vitello grasso. Povero vitello.

Ma cambiamo longitudine e religione.

Buddha, altra persona di conclamata bontà, era vegano?

Risposta: non è certo, ma sembra proprio di sí.

E allora come ha fatto a ingrassare tanto?

Viene da sospettare che l'alimentazione vegana non funzioni cosí bene. O magari Buddha conduceva una vita troppo sedentaria. In effetti le statue lo raffigurano sempre a gambe incrociate.

Tornando dalle nostre parti, non c'è ancora stato un papa ufficialmente vegano, evento che sarebbe la migliore pubblicità possibile per l'intero movimento e per la Chiesa stessa.

Al di là di queste divagazioni spicciole, devo ammettere che nei periodi in cui faccio piú sport, mangio frutta e verdura e vivo all'aria aperta sto meglio. Essere o diventare vegani non è facile, soprattutto in Italia, ma è inevitabile. Il mondo sta andando in questa direzione e la nostra verrà ricordata come l'epoca nella quale è iniziato tutto. L'alba del veganesimo. Risparmieremo miliardi di euro sulla sanità mondiale (approfondite l'argomento, se vi interessa), vivremo piú a lungo e meglio. Io ancora non ce la faccio a essere un vegano perfetto. Diciamo che mi sto impegnando e che la notizia della gravidanza di Claudia mi ha dato una spinta notevole. Non sarò un papà giovane, ma posso cercare di essere almeno un papà sano. Sto anche valutando l'idea di Claudia di seguire le indicazioni del grande Umberto Veronesi che dice: «Credo che dedicare un giorno ogni settimana alla totale astensione dal cibo non solo non faccia male, ma aiuti a formare il carattere, a manifestare una scelta etica e a proteggere la propria salute. Un'alimentazione corretta, secondo i dettami della scienza, e almeno un giorno di digiuno ogni settimana possono rappresentare un nuovo e stimolante stile di vita».

Un giorno a settimana senza cibo posso farcela. È una sfida che mi sento di poter vincere. Mi sono dato anche un obiettivo: diventerò un «digiunatore settimanale» prima della nascita di mia figlia, che avverrà piú o meno quando uscirà questo libro.

Qui dovrei concludere con il classico «e vissero per sempre felici e contenti». E magari aggiungere «e vegani». Anzi, «quasi vegani». La verità è che non so cosa mi riserverà il futuro, se saremo davvero felici e contenti, se saremo dei bravi genitori e se la salute e la fortuna ci assisteranno ancora. L'unica cosa che so per certo è che in primavera, per un paio di settimane, sarò in Bengala, travestito da orango ad allattare cuccioli orfani. Se, in un impeto di solidarietà o di pietà, vi va di venire a farmi compagnia, siete invitati. Chiedete di Claudia (lei starà allattando *anche* la nostra bambina), sono certo che, dopo un paio di giorni, la conosceranno tutti. Anche in Bengala.

Nota al testo.

I versi a p. 75 sono tratti dalla canzone di Gian Pieretti e Antoine *Pietre* (G. Pieretti / R. Gianco).

Indice

Ho sposato una vegana

- p. 8   Il primo appuntamento
- 18   Le forze di Vega
- 24   Il secondo appuntamento
- 31   L'ultima spiaggia
- 37   Vegan friendly
- 43   La nuova vita
- 49   Il terzo incomodo
- 51   Fausto non deve morire
- 57   Pronto soccorso
- 64   Il fioretto
- 69   Un tradimento coi fiocchi
- 76   Big Jim
- 84   Nudo e crudo
- 89   Tanti auguri
- 94   Le eco-vacanze
- 99   Il riso fa buon sangue
- 106   La crisi
- 110   Le nozze vegane

p. 115	L'orto biologico
120	Colpo di scena
124	L'anno che verrà
127	*Nota al testo*

Stampato per conto della Casa editrice Einaudi
presso ELCOGRAF S.p.A. - Stabilimento di Cles (Tn)
nel mese di gennaio 2017

C.L. 23299

Edizione   Anno

1   2   3   4   5   6   7   2017   2018   2019   2020